中国海洋大学“985工程”海洋发展人文社会科学研究基地建设经费资助

海洋天堂

中国大学生首次环球寻梦之旅

毕淑敏 主编

CnS PUBLISHING & MEDIA 中南出版传媒
湖南文艺出版社 HUNAN LITERATURE AND ART PUBLISHING HOUSE
博集天卷 CS-BOOKY

2011年7月19日，中国海洋大学师生一行七人搭乘日本“和平”号邮轮从日本横滨港出发，开启了为期106天，航程五万余公里的环球游学之旅。他们共游历22个国家，停靠23个海港，与不同国家的文化习俗亲密接触，实现了中国高校师生首次环航世界的壮举。

这项游学活动是由国家一级作家毕淑敏老师发起的。2008年，毕淑敏偕同儿子，自费40余万元，搭乘“和平”号邮轮，完成中国大陆公民首次从海路环游地球一周。对海洋与世界全新的认知带给毕淑敏非同凡响的感受，归国后，毕淑敏希望国人，尤其是年轻人能开阔视野，更深入地了解海洋与世界，于是她四处奔走，费尽心力，最终用她的坚持与努力帮助中国海洋大学完成了这次意义非凡的旅行。

环球游学耗资巨大，在毕淑敏的努力下，“和平”号邮轮虽给出了半价的优惠，但依然还需百万元的费用。中国海洋大学以其宽广的胸怀，为国家培养国际化高层次海洋人才的高远目标，积极支持此次环球游学项目。大连獐子岛渔业集团更是出资50万元，鼎力赞助素不相识的学子，通过支持教育缔造卓越的企业文化，为国家培养优秀的视野广阔的国际性人才。

海大党委书记于志刚教授和校长吴德星教授始终关注这项活动，并分别以亲笔书信勉励环航师生。

中国海洋大学这一活动引起了社会的强烈反响与支持，中国教育新闻网、《中国日报》、网易新闻中心、《北京晚报》等多家媒体对这一环球游学活动竞相报道。

谈起对此番环球游学的收获，每位同学都仿佛有说不尽的话语：

“在这样漫长而复杂的航行中，我们从最开始的彼此陌生到后来成为一个团结互助的大家庭，我们克服了很多困难，在身体上心理上都超越了自己，学会了如何帮助他人，如何与他人和谐相处。对于我们，这是最好的人生一课。”

于是，他们将沿途所欣赏到的壮阔美景、见识到的人文风貌，以及由不同文化所带来的思想碰撞记录下来，汇集到这一本书中，希望对国人，尤其是年轻人的海洋观与世界观能有所裨益。

主编的话

2008年，我和儿子越洋环球游，破一笔钱财，费时100多天。归来后，有朋友说，这也太不值了，几十万呢，要是买成东西，得多大一堆！现在，你还是你，可钱没有啦！

他说得很对。从外表看起来，人除了黑皴苍老，大致如常。但内里面，几万里的海水冲刷，心胸灌满海风，海螺呜响群鲸起跳。

国人对海洋知之甚少，我也是其中之一。

中国陆地面积有多大？几乎所有的人都会回答960万平方公里。如果接着问中国海洋面积有多大？96%的中国人不知道。问到中国海岸线到底有多长，选择题——"18 000公里""19 000公里"和"20 103公里"。大多数人都认为，我国海岸线嘛，总归是越长越好，所以大都随手选了"20 103公里"。选择"18 000公里"这个正确答案的仅占14%。

海洋决定21世纪的发展，海洋是我们的母亲，最早的生命就起源于海洋。人类是蔚蓝色摇篮中幸运的后代，不像恐龙早已灭绝。我们光滑的皮肤，血管里的血清，体内周而复始循环的液体，都拜海洋所赐。

"有一天，一个男孩儿看着大海，问，什么是海洋？"这是一部名为《海洋》的影片的开篇语。

海洋是什么？

是我们的幻想与现实。

环游出发之前，中国旅行社的王莹女士说："你们这一行六人，是中国大陆普通公民首批环球旅行者。"我先是惊讶，之后怅然。13亿多人口的国家，应该

早有更多的人穿行过辽阔的海洋，更多地了解世界。

归来之后，我想自身老迈，再多的感慨，亦不过是将来在藤椅上，晒着暖阳同养老院的老媪老翁们吹吹牛而已。我希望能尽点心力，让更多的人，特别是年轻人，去看看大海看看世界，对国人的海洋观有所裨益。

我和“和平”号邮轮的吉冈船长，从中午到午夜，探讨此事。告别后我走在北京深秋铺满黄叶的马路上，身心俱疲。不由得自问：“我何必要殚精竭虑地做这个事情呢？那些将来有可能受惠此计划出海的大学生，我根本就不认识他们。”

人是需要理由的。我想，促使我担当起这件艰难之事的理由——就是我希望更多的中国人了解海洋。

感谢吉冈达也先生，“和平”号邮轮给予了中国大学生半价优惠。但环游耗资巨大，至少还需要近百万的资助，年轻的学子才有可能踏上甲板。那一段时间，我愁得肝肠寸断。从来没有为自己的事情这样去恳求别人，先要咬牙跺脚地鼓起勇气提出诉求，然后被人礼貌或是决绝地推辞。感谢大连獐子岛渔业集团吴厚刚先生，他们赞助了50万元，鼎力相助素不相识的学子。我去过那个小海岛，深知他们的钱来得不容易，是渔民们潜入冰冷海底，一条条海参一枚枚扇贝积攒出来的。在中国海洋大学校方的全力支持下，经过自愿报名严格筛选，六位同学和一位老师终于踏上了征途。他们是文学院的高晴，学德语的胡静一，学法学的郭小兰，学大气科学的曹诗嘉，学地球信息科学的潘国锋，学港口航道与海岸工程的孙乐天，还有肩负重任的领队欧阳霞老师。

一行七人于2011年7月18日自北京出发，至2011年11月2日回国，共计108

天，航程五万余公里。

关于旅途中的万千艰辛和摄人心魄的美丽风光，关于身处异国他乡的无尽踌躇和柳暗花明的豁然开朗，关于年轻生命无可排解的寂寞和砰然有声的思维碰撞，关于不同文化的冲击震撼和严峻历史的凛然反思……学子们百转千回的心路旅程和豁然升华的精神探索，都潜藏在他们归国后写的这本书里。这是他们青葱生命激情迸溅的记录，也是中国大学生首次环游世界的真实留念。

2012年，我到北京一些大学演讲。每当提到梦想的时候，不管是理工科的大学生，还是文科的学生们，最大的愿望都是希望将来有一天能去环球旅行。

在绝大多数人还在瞻望憧憬的时候，他们已激情澎湃地走过。

我坚信人们只有去观世界，才会有正确的世界观。

感谢甘肃摄影家协会的李膺主席，他是游客，参与了这次环球旅行，是同学们的旅伴。他慷慨地将精心摄制的图片捐献出供此书使用，让这本书生动添彩。你从画面中可以看到海洋的辽阔，历史的纷繁，还有大自然的壮美。

感谢本书责任编辑邹和杰、尹晶为本书付出辛勤劳动。

执笔的同学们还很年轻，文字尚有一些不成熟的地方。祈请大家不要用欣赏虚拟美文的心态来要求这些质朴原生态的文字，多给他们以温存的宽容和会心一笑。我相信这些文字中藏有海鸥的鸣叫，能安慰都市人被噪声折磨的双耳。这些文字所挟带的海风，会抚平疼痛阴郁的神经。这些文字能滴落蔚蓝色的水珠，让你迷蒙的双眸洁净清亮。愿这些纯真文字，如朋友的指腹，轻轻掠过你焦渴的面庞。

我曾指导过他们写作，此时心中也有些微的忐忑。我知道我已尽了力，我知道他们也已经尽力。所有对世界包括海洋尚存好奇的人，特别是年轻人，建议读一读这本书，给学子们以鼓舞和激励，给自己以梦想和眺望。

毕淑敏

2013年1月25日

目录

CONTENTS

目 录

CONTENTS

第七章 奔放拉美 127

第八章 重返太平洋 153

目 录

CONTENTS

写在前面

关于青春，关于蓝色环球梦

【万重山水已走过】

【抓住梦的尾巴，坚持到最后一秒】

万重山水已走过

欧阳霞

只有真正与自然气息相通的生命才会在“血液里有浪迹天涯的渴望”，才能灵魂跟随着远行的足迹走遍世界。毕淑敏用“40万元一张的船票，52 248公里的行程”带给我们一个“蓝色天堂”。于是，我们看到了一个属于毕淑敏的独一无二的天堂，它深刻地触动了潜伏在我心底的行走渴望，但我并不知道此时我已经与它发生了某种神秘的联系。

在2011年盛夏的一个夜晚，我在青岛清凉的夜里捧读《蓝色天堂》，那些隐藏在文字背后的人类与自然的恩怨纠缠，让我感知着自然的安宁和动荡、温情与暴戾，让我迷醉于自然最优美的本真，也让我惊骇于人与自然关系的断裂。而此刻在北京的燥热中，毕淑敏与日本“和平”号邮轮船长的谈话已经从下午延续到了晚上，她希望“和平”号能够给些优惠，让中国海洋大学的学生们看看大海，看看世界。终于，“和平”号给了一个半价的优惠。与船长告别的时候已是子夜，谈判的过程让毕淑敏身心疲惫，她走在北京空旷的马路上，心想：“我为什么做这件事情？”

毕淑敏的坚持和努力最终打动了“和平”号船长、打动了企业、打动了学校。“在中国海洋大学驻校作家、国家一级作家毕淑敏女士的积极倡导和大连獐子岛渔业集团的鼎力支持下，2011年7月19日—10月27日[①]，中国海洋大学将选派

①该时间为最初的预计航程时间，但后来航程有延误，实际航程时间为2011年7月19日—11月1日。

师生七人，随同日本‘和平之船’从日本横滨出发，开启‘中国海洋大学Global University专项学习计划’，进行为期101天、游历22个沿海国家的环球航行学习，实现中国高校师生首次环航世界，为培养国际化高层次海洋人才揭开新的序幕。”这是学校关于这次活动的官方文字，但我更愿意表述为：中国海洋大学以如此宽广的胸怀，让她的师生用真实的步履走过万重山水，践行“读万卷书，行万里路”的教育理念，这样的气魄如海洋般强悍，也如海洋般浪漫。我们是幸运的，因为有那么多人支持和成全着我们这个大学的理想，毕淑敏老师一直以她的宽厚、仁慈和对学生的热爱推动着全球大学专项学习计划的实施，而大连獐子岛渔业集团通过支持教育缔造的企业文化已经成为一种美好的能量。

终于踏上路途了，我作为带队老师将和六名学生一起乘“和平”号邮轮环绕地球一圈，穿越一个个国度，用一种亲近大自然的方式，在精神价值上实现与世界的对话。

抓住梦的尾巴，坚持到最后一秒

曹诗嘉

空气中带着微微寒意，校园里的樱花还要过些时候才会开放，梧桐树枝上仍然看得到去年秋天残存的枯叶，一阵凉风从走廊半开的窗户吹进来，本来在暖阳里昏昏欲睡的头脑一下子清醒了。视野里，管理员同学一步两个台阶奔上来，手里的钥匙叮当作响，刚才耳边的晨读声被这身影打断。管理员打开门，大家鱼贯而入。我找了一个靠过道的位置坐下，开机，上学校官网，进教务处主页，动作娴熟早已形成条件反射。右边消息栏又有几条更新，我点开来一条条查看。待到点开那写着“关于选拔Global University专项学习计划研修生的通知”时便再也移不开目光，一个字一个字慢慢地读了下去。

阳光透过未拉紧的窗帘露出的缝隙射进机房，从那一束束光柱中看得到灰尘在不安分地跳动。我听见自己的心跳声，感到脸颊微热，脑子里被一些滚烫的词语填满——“学校交流项目”“毕老师大力支持”“獐子岛集团倾情赞助”“环球旅行”“地球大学”……什么声音如此熟悉，记忆中浮现一个小小的身影，也是在一个明媚如今的早晨，她仰着面庞，用稚嫩的声音回答老师提出的一个问题——你将来的梦想是什么？

“我将来的梦想是环游世界！”

“一场青春中最疯狂、最灿烂的行走”抓住了我的神经，几乎没有一丝犹豫，我拿出U盘将报名表下载了下来，向打印室奔去。激动的身影定格在清冷的早晨，如今想起这一幕不禁感慨万分。坚定的脚步却伴随着犹豫担忧的心情，我走向的哪里是一台布满灰尘的打印机，分明是一个斑斓的梦，一段铭记终生的关于相遇、感悟、成长、梦想的故事，一个前所未知的新世界。

那个中午，我拿着电话，踌躇了很久。我在紧张能否得到家里的支持，它是一切的基础和保障，是我全力争取机会的第一个挑战。我按下通话键，电话那头是仍旧在忙碌的母亲那亲切的声音。我把事情一五一十地告诉了她。出乎意料，电话那头母亲只是笑了笑，说："那你就试试吧。"

放下电话的我，长舒了一口气，再吸入的新鲜空气都让我更加振奋和激动。

报名结束后不久，我就接到了进行心理测试以及第一轮、第二轮面试的通知。记得那时我跑到图书馆，把一切关于英语面试的书籍都搬到桌子上，一本本地阅读；记得等候面试时我紧张地低着头，一遍遍背着准备好的自我介绍；记得面试的时候，老师一张张没有表情的脸和我越来越沉重的心情。面试过后，我对自己的表现很不满意，坐在教室里伤心、懊悔。而在印象中最为深刻的是接下来等待结果的三个礼拜，我第一次体会到了什么是焦虑，心里仿佛有一座天平在左右摇摆，一边是热烈急切的期盼，一边是担心结果一出希望落空的恐慌。虽然我不断地告诉自己，每往前走一步，都是对从前那个自我的超越，都获得了一份不曾拥有的经历，然而，不断走下去的渴望已经无法抗拒地占据了内心的每一个角落。一个错过的电话、一条未读的短信都能让我的神经一瞬间紧张万分。那时最讨厌的就是每天早晚固定的两条手机报，在那个敏感的时间段不断地挑战着我的心理承受极限。心中的梦想仿佛触手可及又好像远在天边，那么明亮却又那么脆弱，一句话便可以让它失去所有的光芒。在这样一段度日如年的时光中，一个人最需要的就是身边有一群可以随时鼓励自己和支持自己的朋友。而我，如此有幸拥有这么一群人，他们给予我一个又一个温暖的拥抱，承接我所有挥洒出去的眼泪，帮助我获得了每一天抵住压力、专注课业的能量。就是在这样的煎熬——陪伴——不断崩溃又重新振作中，我熬过了最漫长的20天。

2011年5月6日15点06分，一条内容只有一句话的短信，开启了我的梦想之旅。我兴奋得双手发抖，把这个消息告诉爸爸、妈妈、妹妹和陪我等待消息的朋友们。这一刻，我拿到了船票，与那艘船定下了7月19日准时相见的约定。

追逐梦想，起源于一个人的内心；实现梦想，却不是一个人的事情。在通往横滨港口的路上，不仅仅是我们入选研修计划的师生七人的奔跑，更是我们身边的、远方的、熟悉的、陌生的人齐心合力，他们不言回报，拼尽全力将我们送到了“和平”号邮轮停靠的码头。在我与“和平”号相识前，毕老师与学校为这场游学的开展付出了巨大的心血，獐子岛渔业集团的慷慨资助更是让所有的设想都变成了现实。临行送别会上，大家真挚地送出鼓励和祝福，而令我尤为难以置信的是学校向我们提出的要求竟然只有八个字——自然处之，率性而为！这是我不曾见识过的胸怀，不曾获得的信任，它给予我们充分追随天性、获取属于自己与众不同的感悟与成长经历的空间与自由。我是多么的幸运！

终于，我怀抱着对父母、海大、毕老师、獐子岛渔业集团的无限感激，对未知旅途一往无前的决心，对这个来之不易的机会的珍惜，大声地说：“和平之船，我来了！”

第一章
起航，梦开始的地方

【东京·横滨】

【终于要扬起风帆】

东京 · 横滨

孙乐天

第一次出国，便是日本。面对这样一个熟悉而陌生的国度，我心中是期待的。当飞机落地的那一刻，机上的乘客都大声惊呼，我也很兴奋。第一次踏上异国的土地，第一次呼吸异国的空气，第一次调时差……一切都显得那样新鲜，将近五个小时的飞行带来的疲惫一扫而光。日本，我来了！

日本应该是我接触到的第一个外国的名字，大概在上学之前，我就听说了奥特曼，尽管对它不是很感兴趣。之后的小学、中学课本里反反复复提到这个名字以及和它有关的著名人物，还有像富士山、樱花、上野公园等文学作品中常见的象征性词汇。但这只是些很表面的认识，对于日本的社会、文化和民众，我是没有概念的，只是从一些媒体那里了解到一点，因为非亲眼所见，也是半信半疑。今日有幸亲身来到日本，尽管停留的时间比较短暂，但毕竟有了一个真实的体验。在出行之前，有人问我对此次环球旅行有什么目的。其实，我只是想用我的眼睛来观察这个世界，用我的大脑来记录这个世界，仅此而已。

车从机场出发，驶向东京。沿路上第一件令我吃惊的事就是地名都是用汉字写成的。尽管因为是繁体字或是有点变形而感觉有些生疏，但还是很亲切的。对于高速公路旁时而出现的棕黑色小木屋，感觉和江南水乡的木屋有些相似，但又有种说不上来的不同。日本的建筑和中国古代的建筑很像，但是如果把照片放在一起，一眼就能区分开来哪个是日式的、哪个是中式的。风格虽相似，牌匾上都是汉字，但总归是不一样的，形似神不似啊。

从机场到东京有一个多小时的车程，我在这一个多小时中有一个很深的感触：日本高速路上的车开得太有规矩了，说得夸张一点儿，有点儿像表演。后来在法国我也有同样的感受。日本高速路上车流量很大，各种各样的车都有，但是大家的车速都很接近，沿着自己的车道，规规矩矩地向前行驶，鲜有变道或超车现象。纵使超车，也是将车开到超车道上后迅速超过前车再驶回行车道上。我没有见过有车压着白线行驶的，也没有听到司机按过一声喇叭。在法国的时候，高速公路比较窄，只有一条行车道和一条超车道，行车道上的车很多，但是超车道上却空荡荡的。这些都给我留下了很深刻的印象。因为我自己也会开车，回国后我试着像日本司机那样不鸣笛、少变道，不急不抢，可是路旁的行人和有些不耐烦的司机使我无论如何也做不到这一点，因为如果我不鸣笛提醒他们，真怕他们突然变向，弄得我措手不及。后来我和同行的张导游聊起这件事时，他提到一点原因让我感受颇深，就是发达国家教育水平比较高，国民素质也因此较高。

教育是什么，我一直以为教育就是学生上学。上小学、上初中、上高中，然后通过人生中很重要的一关——高考，考上一所好一点儿的大学，找一份好工作。我想有很多人的看法可能和我差不多。到了日本之后，我的这种看法遇到了前所未有的颠覆。在同日本人接触的三个多月里，他们身上表现出来的高素质令我很有感触。一次，我在十层甲板上看到几个小孩儿在泳池旁玩耍，有很多人在旁边看着，我也是其中之一。有个小孩儿，四五岁的样子，不小心碰了我一下，马上用英语说了句“Sorry（对不起）”，因为日语没有“r”的音，她的发音就成了“saolei”，很恭敬、很有礼貌的样子，尽管发音很困难。船上有许多老人，上船时他们用日语和我打招呼，接着浅浅地点一下头，我听不懂也不知怎么回答，心里总是有点儿过意不去。我想人家那么大的岁数，主动和我打招呼，我一个毛头小伙子是不是太不礼貌了。过了一段时间，我的日语水平有些提高，能够用日语打招呼了，这时他们却用汉语了，可能知道我是从中国来的了吧。

船的八层是公共活动楼层，大厅中间有一些皮墩儿，有时候活动组织者们在那里坐成一圈儿开会，会后，他们都会自觉地将皮墩儿整整齐齐地摆回原来的位置，从来没有使用完就拍屁股走人的情况，每次活动举办完也是将垃圾带走……

当然在船上我也是这样做的，但我不得不承认是跟他们学的。

生活中点点滴滴的小事反映了一些差距，我想这跟教育是分不开的。其实，教育不仅仅是能考上一所什么样的大学，能找一份年薪多少的工作，而是对被教育者进行全面的培养，培养被教育者作为一个人所应有的道德、素质、习惯、能力，让学生知道，学习不仅仅是指学习科学文化知识，还有其他更重要的东西。正如西方的教育理念，学校培养的毕业生应该是人格健全的人，这是教育的本质。在日本的年轻人身上能够很清晰地体现出这一点：举办活动有条不紊，把握时间非常准确，这就是一种很高的素质，不关乎是否懂高等微积分，是否会说流利的英语。

话题有些沉重了，下面说说我对东京的整体印象吧。东京可以说是去了两次，去时一次回来时又一次。去时是盛夏，回来时已经是深秋了。尽管两次加起来不到两天，但也见到了很多有趣的事。

首先就是中国人。我想知道东京有多少中国人，日本有多少中国人。走进商店，不管是银座的大商场，还是秋叶原的小数码店，总有中国售货员。我在路口等红灯，仔细一听，周围有人在用汉语交谈。在宾馆的餐厅吃早餐，用餐的很多也是中国人。处在一个充斥着汉语的环境里，再看看满大街的汉字和黑发黄皮肤的黄种人，要不是靠左行驶的汽车时时提醒着我，我还真以为是在国内。

“中国制造”在日本可谓无处不在。我进了一家数码店，想买个MP3带回去，但是选来选去发现没有一款是日本产的，大部分是中国制造，还有泰国、

日本东京浅草公园

在日本横滨码头上送行的热烈场面

马来西亚制造的，我有点儿失望。面对如此昂贵的中国货，我还是回国再做打算吧。

其实，中国制造的商品不只是在日本，在许多国家的超市里也都能见到。如今，中国俨然已经成为一个世界加工厂。在船上有个日本老太太送我一把扇子，上面画的是日本浮世绘人物像，仔细一看背面的说明书，上面用英文写着“中国制造”。我给那个老太太看，她也笑了，并说了一堆话，可惜我一句也没听懂。

如此多的中国元素让人不禁感叹两国间密切的往来。这就叫“一衣带水”吧，这也是为什么我们不能停留在过去，而要向前看的原因。如今的中国是一个开放的大国，大国就应该有一个大国应有的气度和包容。

告别了东京，我们一早儿赶往横滨港。办理完登船手续，安排妥当住宿后，广播通知下午3点有一个起航仪式。那天天阴沉沉的，飘着小雨，我站在窗边，望着码头上熙熙攘攘的人群，他们挥舞着手臂，与亲人朋友做最后的告别。听着他们自发地齐喊“一路顺风”之类的祝福话语，我的心竟有一种莫名的平静，完全没有了刚上船时的兴奋，甚至还有些伤感，正如此刻的天气。灰蒙蒙的天衬着灰蒙蒙的海，船迟迟不肯开动，我又跑到甲板上，索性也冲着码头上送行的人挥舞起手臂来。在接下来的100多天里，大部分时间都将会在海上漂泊中度过，看见陆地的时间将非常少。望着雨中的横滨，我想接下来会发生些什么呢？平淡、丰富还是惊险、空虚？我不知道。雨水打湿了镜片，模糊了双眼，我呆呆地望着海面，沉浸在各种各样的想象中。突然，一声沉闷的汽笛声将我拉回现实中，船在拖轮的帮助下缓缓地离开了码头。送行的人群又激动起来，船上的人也大声喊着。渐渐地，送行的人群越来越小，声音也越来越小，船终于缓缓驶出了港口。随着船渐渐地摇晃起来，我知道，船已经离开横滨港了，向着远方的越南驶去，从此开始了绕地球一周的航程。

终于要扬起风帆

潘国锋

7月19日清晨醒来时，我浑身乏力，透过落地窗往外看去，淅淅沥沥的小雨敲打着外面的网球场。头天晚上冷气开得有点儿过足，我不太适应开着空调睡觉，毕竟在学校宿舍，青岛的夏天还需要盖着被子防凉。

电视里不断重复着日本女足战胜美国队，成为新的世界冠军的消息，这是日本女足姑娘们从绿茵场上带给日本国民的又一次狂欢。酒店大厅的电视里还有一则关于台风的消息，台风正在影响东京湾，难怪昨天下午天气那么闷热，今天大清早的又雨打窗前。

“和平”号邮轮停在横滨港，距离东京也就不到一个小时的车程。因为台风的影响，天空出现了浓厚的积雨云。汽车穿梭在东京这座毫无方向感可言的城市，狭窄的街道，高耸的房屋，紧密的高桥，随处可见的立体停车场，日本人似乎要将“盒子情节”发挥到极致，似乎要将整个空间利用满，但杂而不乱，秩序井然。东京和横滨两座城市几乎是连着的，中间没有什么特殊的分界，以至于到了横滨，我还以为是在东京某个角落转悠。

远远看到“和平”号邮轮静静地停在码头，这是我第一次亲眼看到“和平”号。

搬行李，办理出关手续、登船手续……走完所有的程序后，终于可以推着箱子，走进“和平”号，几个月以来的纠结与忧虑，也终于在进入船舱的那一刻烟消云散，但是似乎散得还不够彻底，旁边的静姐让我掐她一把，以证明这不是在做梦。

当地时间下午3点左右，船缓缓离开港湾，航站楼上送行的人们纷纷接过从船上抛下的彩带，对着船高声呼喊，或借着手机向自己牵挂的人道别。我不懂他们说的是什么，但是懂他们此时的心情。

像是每个人，包括岸上的人，认识的、不认识的，都在彼此之间做一个约定，一个三个月后远航归来再次相见的约定。

咔嚓，我将岸上的人们定格。一起进入镜头的，还有横滨那座标志性的巨大摩天轮。摩天轮上最后显示的时间，正是我们离开港湾远航开始的时间：15点10分。

日本横滨港码头

第二章

关于那艘船，关于船上的人，关于船上的事

【逃生演习与红匣子】

【我们终究是客人】

【那个叫藤野的癌症老头儿】

【注意，“大龄美女”全体集合】

【别跑，这是集体活动】

【大洋上的运动会】

逃生演习与红匣子

郭小兰

上船放好行李，吃过午饭所有人都回到自己的船舱，等待逃生演习的开始。换上长袖的衣裤再将运动鞋穿上，从衣柜的顶层将橙色的救生衣拿下，照着门后贴的图示步骤和英文解释穿上救生衣，扣上带子。两边的肩部各垂着一条绳子，一边挂着哨子，另一边是照明用的小灯。虽然真正遇到危险时不一定来得及换长袖衣裤和鞋子，但有时间一定要记得换，这是出国前我们学校"东方红"二号的老船长给我们的指导，皮肤长时间暴露在水里会极大地减少生存时间。

我们按照逃生的路线一路抵达八层的外侧甲板，看到左邻右舍都在，我们也顺利加入。我和诗嘉、晴儿住的B120室在四层，也是乘客居住的第一层，底下是我们不能进入的船上员工居住的地方。船上的CC（负责翻译工作的志愿者）和GET（教英语和西班牙语的志愿者）住在我们周围，他们常常工作到很晚才回来。据毕淑敏老师说，房间不够的时候这些志愿者要多人共用一个房间，轮流休息。今年因为日本"3·11"地震，上船的人少了，他们才有充裕的房间。

船长在前面讲了注意事项，助手们又解说了一遍救生衣的穿法，特别提醒将中间的带子系好。我们互相看了一下，果然系反了，连忙重新系好。又确认了一遍救生衣完好无损，哨子可以正常使用等等，接下来是确认名单，每个人都有安排好的救生艇。工作人员念到我们这一群人时格外紧张，英文名还好，发的音虽然不标准但起码很清楚对应的人是谁，到了我们三个就完全不行了，我是从她别扭的表情和最后一个"兰"字发音中猜出那个人是我。心中庆幸还好这不是真的

"和平"号邮轮的驾驶室

逃生，转念一想，如果真的发生灾难了该如何是好，最终我在心里决定为了珍贵的生命，无论如何也要教会他们读中文名字。

大李老师向野平先生提出想去参观驾驶室的想法，野平先生同意了，并且邀请了日本的事务船长为我们介绍驾驶室里的各种仪器设备。我在驾驶室见到了red box——红匣子，它的作用和飞机上的黑匣子差不多，时刻记录这艘船航行的相关数据。如果轮船发生事故，红匣子会录下它停止工作的前40分钟驾驶室里的声音，记录的各种技术参数也会停止在那一刻，供事故分析之用。我们参观时的对话也记录在里面。

驾驶室里的船员都来自欧洲，他们的工作语言是英语。看到其中一个船员在画图，我凑过去看发现离海南岛很近，这时候听见了一些声音，有人在对话，听起来很像中文。我问别人听到没有，他们都说没有听清楚，我转头请教船员，他说很有可能因为船离中国的海南岛很近，附近可能有中国的渔船。他拿起搁在一旁的尺子测量演示给我看，"现在离中国只有42海里。"他说。我顿时倍感亲切，此时又听到一句"这边……"这下确认是中文了，欣喜不已。船长介绍了很多有关船的驾驶知识，令我受益匪浅。

我们终究是客人

潘国锋

刚来到日本人的群体中，他们苛刻的时间观念与近乎呆板的工作规矩令我吃不消，或者说受不了。我虽也曾自诩为守时之人，但现在和他们比较起来，真是弱爆了。

早在东京的时候，随团翻译兼团长的张先生说过："在导游界有一个共识，如果需要游客在8点集合，对德国人只要说8点，因为他们极为准时；对中国人和印度人就要说7点半；对日本人只需要说8点05分便可。"日本社会普遍存在"提前5分钟行动"的习惯，每次船上的中方负责人野平先生给我们开会时，总是会提前5分钟，拿着档案夹站在那里，边等边清人数。

定期的会议是日本人生活工作中的重要内容，不管什么事情都要以会议的形式安排，而且时间还一成不变。在船上经常可以看到的场景就是：一大群日本人拿着笔与本子写着记着。用他们的话说就是"Gather Meeting"（聚集会议），这让我头几天在船上感受不到一丝自由。开会时我不可以迟到，迟到的话日本人看着，在这里可不是代表个人。

"和平"号邮轮的硬件设施没法与其他豪华邮轮同日而语，毕竟这艘船龄高达45年的小船再过几年就要在某个船坞退休了。就像高铁和普通列车的关系一样，其他豪华邮轮和"和平"号邮轮的关系正是如此：在设施齐全、方便的动车车厢里，每位乘客安静地处在属于自己的空间里，乘客之间没有交流，不像硬座车厢，不同的陌生人对视而坐，一路谈笑，旅程中，彼此交流了各自的故事，分享了欢笑与零食。

对于“和平”号，我们终究是客人，我应该更早感受到这一点。在船报上关于下午我们活动的报道中，船方给我们的定义就是“中日友好交流团”，一下子就直接定义了此次旅行的官方色彩。我们的活动是船上自主企划的“第一枪”，很多日本人早早地过来占位置，也可以说是给足了我们面子。船方为我们的活动安排了专门的摄像师，我想他们也想把这次活动作为“和平”号“中日友好”的宣传材料，希望不要上升到政治层面上。

很难一下子融入到外国人的圈子，日本人虽然彬彬有礼，但是要得到他们真正的认同不是一件容易的事情。很多日本乘客现在会远远地说“你好”，我们用餐时也是固定的“指定席”，突然间受到这样明星般的待遇，还真有点儿不自在。按理说听到外国人生硬地说着“你好”时应该感到高兴和亲切才对，可总是想着人家是碍于礼节以及考虑到我们的特殊身份才这样说的。说到底，我个人不希望搞特殊化，或者是因为自己长这么大还没有以如此特别的身份出现在某些场合，受到过这样的关注，真心不淡定了。

“和平”号邮轮

那个叫藤野的癌症老头儿

曹诗嘉

房间里没有可以饮用的热水，要想喝只能到酒吧的吧台去打。一天，我照例跑上楼，把瓶子交给那个性格憨厚总是满脸笑容的小伙子，便站在吧台旁边等待，这时候一个刚刚还趴在吧台上的老头儿从凳子上站起来，走向我。他剃着光头，身上罩着一件一看便知是在埃及买的大长袍。这种长袍是用低劣的布制成的，摸起来感觉不到棉花的温暖与柔软，硬邦邦的，没有一丝生气。它一般分为两种——短款的至腰间，长款的垂至脚踝处，把自脖颈以下的部分遮得严严实实，女孩子身段的婀娜、男孩子胸膛的广阔都会被这大长袍隐了去，风吹来，整个人便鼓成一张帆。

站在我面前的老头儿着了一件白色长款长袍，他的光头、金边眼镜，还有喝醉了以后显出的颓态，让我感觉很不舒服。他用手比比我的身高，转头和那一大桌酒友笑起来，嘴里含糊不清地说着什么。哼，不用猜，一定是指我长得高，我有点儿生气地想着，客气地打声招呼，随即便匆匆离开了。

过了几天，在甲板上散步，看见张老师正和那老头儿聊天，看起来彼此已经十分熟悉，于是便生出好奇心想问个究竟。待一次张老师独自看书时，我便走过去，和他说起那天在吧台的事情，张老师没有对这件事做什么评论，但是他却给了我一个我永远不会想到的另一个故事。

他告诉我，那个老头儿叫藤野，已经是癌症晚期。截至我们谈话时，藤野已经足足两个月没有迈进餐厅，每天，他都是在酒吧里消磨自己的时间，别人每月的账单只是几张薄薄的纸，而他则是厚厚的一本。

我不解地问张老师，他的家人呢？

张老师回道："他自己一个人出来的，连他自己都不确定能否活着回到日本。一天，我坐着和他聊天，他的表情变得很严肃，跟我说：'张先生，你扶我一下，我起不来了。'我连忙跑过去扶他起身，把他送到船舱内，关门的时候，他低声和我说：'张先生，杀了我吧，我现在生不如死。'"

我难以想象藤野老爷爷的心情，每日用酒精镇痛，聆听死神渐行渐近的脚步声，没有亲人的陪伴和安慰，也不知道自己离家还有多远，身边风景再美又有何用，没有了爱，世界就是一片荒芜。我知道，在日本，孤单的老人很多，船上有个老奶奶告诉我，在日本的时候，就连周末找个人一起喝茶的简单心愿都无法实现，他人的理由总是——没有时间。所以那些形单影只的老人愿意来到"和平"号，这里有各种团体，提供给老人们聚在一起的平台，即使有无法活着回到故乡的危险，在他们心里，也比孤零零一个人在冰冷的床上死去要强。从另一个角度看我所在的这艘船，正如欧阳老师所说，是"夕阳"号，也是"悲情"号。当我在这艘船上看到黎明破晓，另外一些人却在等待着黄昏日落。我才知道那天光头老爷爷对我展露的笑容有多么珍贵，那是一个即将离去的人对这个世界释放的最后的善意。

后来，每一次再遇见这位藤野老爷爷，我都会犹豫是否该伸手给他一个拥抱，可是我终究没有那样做，我的不适宜的同情或许会让老爷爷觉得自己愈发可悲，我希望他能认为，在我心里，他是一个健康、成功、幸福的老人。

某一天，我发现他躲在柱子后面，像个小孩子玩躲猫猫一样偷偷地向前张望。不远处，一个小娃娃正摇摇晃晃地走来，待那小娃娃走近了，他呼啦一下钻出来，学着老虎在那里张牙舞爪。小娃娃没有害怕，反而咯咯地笑起来，他的脸上马上露出心底隐藏许久的笑容，像一位慈祥的爷爷抱起心爱的孙子，举起那小娃娃至头顶，转了个圈儿，两个人都笑得那么开心。这本是一幕温馨的场景，然而得知内情的我只感到无比的心酸，我的意识总在暗示我，眼前抱在一起的两人，明天将不复今日的笑容。

记住那句话：你所浪费的今天是昨天死去的人奢望的明天，你所厌恶的现在是未来的你回不去的曾经。

注意，“大龄美女”全体集合

胡静一

“船长晚宴”这一天，我站在“和平”号九层的 Sunny Deck （阳光甲板）上，眼睛都看直了：哇，黑丝旗袍上粉杜鹃花羞答答地开，玫红夏威夷长裙上牡丹朵朵亮人眼，含笑朱唇上一抹桃红俏丽可人，云鬓处斜入一朵精致秀丽的山茶花，果然是姹紫嫣红迷人眼啊！虽然早知道“船长晚宴”这天，所有人必定盛装出席，但面对眼前这群分外出众的“美女”，我还是彻底惊艳了，原来蓝色太平洋上金色阳光下，气场最强大的，竟不是我原先以为的年轻靓女，反倒是这群看上去远远要小于她们真实年龄的“和平”号上的老太太。这一刻的集体亮相，完全倾倒了众生。

要说眼前“大龄美女”们相貌是多么清秀迷人，身材是多么俏丽销魂，那当然是不靠谱儿的，但这群年龄全部都在50岁以上的女人，还能让人感到惊心动魄的美丽，所凭借的自然不是身材和容貌，而是一种内在的、自然的韵味。

你看“大龄美女”们，有的优雅地端着香槟，从容地与人谈笑风生，眼角眉梢都是自信；有的虽已满头银丝，却是“鹤发童颜”，一双眼睛写满好奇，一张笑脸温柔亲切，让人看一眼就觉得如沐春风；有的时刻拎着装有笔和纸的精致小手袋，活跃穿梭在年轻人的队伍里，与那些还不到自己一半年龄的人打趣说笑。一旦听到了什么新鲜有趣的“新词”，就赶快埋头记下来，之后用“因特耐特”（网络）认认真真“古狗”（搜索）一番，等着下次再聊起这个话题时，她们保证比谁都说得头头是道。这样的“大龄美女”，是美在了与时俱进，美在了青春

船长晚宴

常在。

我真的十分喜欢船上这群活泼可爱的老太太。都说日本是一个“僵硬”的民族，老实说，日本男人，尤其是工作中的男人，的确有非常死板的一面，死板到有时让你简直想不通，天下怎么会有如此“又笨又犟得令人抓狂”的人！但是，船上的这群日本老太太，那绝对是非常懂得享受人生，而且精力体能也绝对让年轻人都不得不佩服的一个群体。

比如说，在这样一艘连续航行100多天的邮轮上，年过七旬、八旬的老太太居然不在少数，而且她们绝不是你所想象的那样，成天躺在船舱里“待字闺中”，而是每天一大早就起床。个别老太太起得比太阳还早，然后背着双肩小书包，真就像小学生那样，朝气蓬勃地开始了自己一天的“学习”生活。首先是按照自己前一天的计划，按时按点地去船上各个大厅小室，参加讲座、报告会和讨论会；接下来，就“转战”外语班（船上有西班牙语、阿拉伯语、中文、英语和日语班）、画画小组、舞蹈小组、健美操班……

有一次，当我正跟着船上请来的Luna老师学习肚皮舞，做一个转圈动作时，我张嘴怔住了，因为不知什么时候，我身后竟然来了一个67岁的“大龄美女”，也拿着纱丽，一脸认真又高兴地跟着老师“左胯扭扭，1—2—3—4，右胯扭扭，2—2—3—4”呢。这还不算，还有更令我意想不到的，原来船上教众人跳弗朗明戈的老师，就是一位年近七旬，还照样穿“灯笼裤”、涂红蔻丹的“大龄美女”。明明不再是豆蔻年华，可是我每次看见她，都觉得生命是崭新的，生活是精彩的，是“一切皆有可能”的。

最后，到了夜幕降临之时，“大龄美女”们便换上一袭精致的衣裙，优雅地坐在餐厅里，同一桌子共进晚餐的同船游客快活地吃着饭聊着天，我虽然不懂日语，但是看着她们眉飞色舞的生动表情，我常常会在脑海里浮现出葛优的那句——我们吃着火锅唱着歌！

有人说日本女人是年轻的时候被丈夫和家庭压抑捆绑得太久了，所以等自己老了，甚至很可能是等到丈夫去世了，才赶紧拿着死去老公留下的“巨额”养老金潇洒走一回。而我们中国女人呢，年轻时没太多束缚和包袱，所以老了并不觉得有多么渴望要抓紧最后的时间，去体验不一样的人生。于是就待在家里和老伴儿相依为命，尽职尽责地给儿子、孙子做好“后勤部部长兼店小二”的工作。

对于这种说法，我觉得并不尽然。虽然对于日本民族文化中的某些观点和价值取向，不仅仅是中国，国际上也存在很多质疑与不认同，但日本作为第一个，

“丰盛”的晚餐

邮轮上举办的文艺表演活动

也是到目前为止亚洲唯一的发达国家，它的国民思想还是有发达国家特征的，比如对于先进科学技术的热切；对于其他文化的开放心态；追求高品质生活的热情和勇气；对于工作、事业等自己分内之事的精益求精与有章必循；集体的团结协作和平等公正等等。

因此，鉴于“和平”号上的老太太们具备完成环球航行的物质条件和精神动力，我想，她们年轻的时候一定也是受到过良好的教育，拥有开阔的心胸和不俗的见识。所以，即便今时今日，“大龄美女”们的皮肤已不再像少女般光滑细腻，脸颊上也少了些许粉嫩，但她们开放自由的心态，独立自主的精神，还有毫不做作的自然品性，都足以照亮整个“船长晚宴”的天空。

你看，当“大龄美女”们自信柔情地回眸一笑，不仅仅是出席的人们，就连太平洋豪情万丈的海水，在那一刻，我猜，也只想屏住呼吸，深深地，深深地，凝视这份超越了时间的——美丽。

别跑，这是集体活动

胡静一

“日本绝对是世界上最爱好集体活动的民族！”得出这个结论的时候，我“义愤填膺”，因为被硬拉着一连数天没完没了地参加各种集体活动。每晚躺在床上的时候，我脑海里挥之不去的一个让我有点儿尴尬的问题是：难道本姑娘已经未老先衰了？！否则，为什么人家日本小年轻有时甚至“夜夜战通宵，日日舞升平”，而第二天一见面，却还跟打了鸡血似的，又满船“健美操”“啦啦操”“民族舞”地跳开了？而我，却只能一看见“活蹦乱跳”的队伍，就几乎条件反射地完成以下动作：转身，拔腿，绕道，开跑！

一点儿不假，“和平”号上，每一天每个小时每个角落，都聚集着人数多少不一，但绝对都是冲着集体活动而来的人群。至于规模，往大的说，有把全船人一个不漏全部网罗进来的“大洋运动会”，具体做法是按照船上每一位乘客的生日月份，分成红、黄、蓝、白四小组，将每个小组的代表月份都公布在大厅信息板上，明确地让你找自己的“组织”去。除此以外，每个小组的组员还要在身上绑上一根跟自己组别颜色相同的丝带，或者穿上颜色相同的衣服，以对外宣称自己的“身份”。这就好比，不管你“内在”是否忠于组织，组织先让你从“外在”就不得不变成“自己人”。

于是，不喜交际、不爱热闹的你说，好呀，你张罗你的，我顾我的，反正我不理会、不参与，还不行吗？哎哟，那对不起您了，不参与，还真不行。

要是你在大洋运动会召开的那个星期里，身上既没有绑上任何颜色的丝带，也没有携带任何明显的组别色彩标记，那么，只要你一出现在船上有人的地方，我保准你会撞见无数关切而担忧的眼神，好像自己“病重将不久于人世”。

像大洋运动会这样全体出动的大型集体活动，在船上是少数。大多集体活动的参与人数在15人到30人之间，内容有唱歌跳舞的，有画画儿做操的，有演戏玩乐器的，有交流讨论某个主题的……像这一类活动，基本上是在正常范围之内的。之所以这么说，是因为日本的男女老少对集体活动的热爱和激情实在是超出了正常人的想象，除了正常的集体活动之外，人家的集体活动五花八门，无论是在活动内容，还是在活动时间上都较为雷人，但参与者也是一划拉一大堆。

你要不信，我这就给你列几个集体活动的名字听听，光这名儿，就能闻到无厘头的味儿了，比如：

“12月出生的21岁青年男女全体出动！” 时间：午夜12点，地点：漆黑一片的船顶甲板。

“来！集体吐槽那些令你无比尴尬的事！” 时间：凌晨1点，地点：星光酒吧门口空地。

“睡不着觉吗？看看船上奇人的独门绝活儿！”时间：凌晨2点，地点：中心大厅右上角。

“厌倦了那些冷笑话，谁还有更猛的料？” 时间：凌晨2点30分，地点：环形大厅左边走廊。

“女孩子们，评评船上的‘最帅先生’！”时间：凌晨3点，地点：通向儿童活动中心的楼梯处。

“叽里呱啦，那些船上惊人的‘秘密’！”时间：凌晨3点30分，地点：九层甲板左边第二个窗户下。

…………

邮轮上举办“敬老节”做米糕活动

怎么样，“活色生香”吧？不光活动内容一听就令人大跌眼镜，就连活动时间也诡异得让你怀疑，是不是日本孩子打小儿就人手一本“熬夜宝典”，练就了一身不睡不困的“金刚不坏之身”？所以有段时间，我都开始怀疑，是不是日本这个重视科技的国家，发明了某种“时间机器”，让日本年轻人可以每晚“回拨”几个小时的时间来养精蓄锐，否则像这样在船上又唱又跳、熬夜通宵，在靠港地还能照常活蹦乱跳、观光游玩，他们哪儿来这么多精力和体力？

直到有一天，我到船上顶层甲板的图书室里去查阅一份资料，刚走到走廊，一抬头，透过图书室的落地大玻璃门，我相当“惊艳”地瞧见，里面的红色大沙发和绿色地毯上，横七竖八地挤满了酣睡不醒的日本年轻人！我都还没走到门口，里面的如雷鼾声就已经破门而出了。于是乎，我当时心里那叫一个释然，看来不是本姑娘“未老先衰”，而是日本小年轻在这儿拿自己做“极限实验”呢！

但不知怎么的，就在那一瞬间，我忽然有点儿佩服起他们在集体活动时的那种“不拼全力死不休”的精神和毅力来了。尤其值得一提的是，日本人在进行集体活动时，整个集体所营造出的平等、团结、协作和相互支持的氛围，坦白说，要远远浓于我们国内的年轻人。

比方说吧，中国和日本都是举世闻名的爱开会的国家。但是，一旦需要集体发表意见时，如果是日本年轻人，无论是谁表达了怎样的观点，即便这个人所说的东西可能在大多数人看来有些浅显和幼稚，日本年轻人也会首先给予这个人肯定，然后才会一点点去分析需要改善的和不合理的地方，最后才委婉而又认真地提出自己的观点和意见供大家参考讨论。

而中国年轻人呢？在国内年轻人的集体活动里，大家很少把重心放在“集体”二字上。很多人一开始就抱着一种“唯我独尊”的姿态，热衷于突出自我表现和反驳异己观点。不管是谁提出了什么样的见解，很少有人仔细倾听其中的逻辑关系，而是压根儿没“瞧得起”对方，尤其是当发表意见的人在职位、头衔或者其他等等令人“匪夷所思”的方面“位不及人”的时候，那就更不会有人认真去听了。有的人甚至觉得这个人“不识大体不知趣”，这种低身份的小角色也敢发言？原来，大家并不在意别人说的话是什么意思，只在意说话的这个人是谁，这真是可笑又可怕的一件事。

另一方面，基于这种“官本位”的思想，当许多人认为自己“不够格”发言的时候，我们中国年轻人，不客气地说，最擅长“明哲保身”了。至于所处的集体，最终能否“事成”，我们并不觉得那有多么重要。我们的逻辑是，集体的事成与不成，与我本人无直接关系，而我自己在集体中的付出与所得能否成正比，甚至于，后者是否能高出前者，才是我思考问题和行动的出发点。

这两种姿态其实都是“利己主义”，我们放不开自己的视野，因而无法从一个更广泛的视角去看待事物间的关系，无法理解如果集体一旦空虚，个人的利益势必会遭到致命伤害。因为在当代和未来，真正在同我们赛跑的，并不是我们身边的小张小王。最明显也最复杂的“利益界线”，其实是在不同国家和不同区域间出现的。如果我们每个人都把原本属于国家的力量散射出去了，别的国家和区域自然会有想来“占便宜”的想法和行动，那时我们的损失，恐怕远比在公司里比谁少拿了一支笔要令人痛心吧!

当然，要是某一天，地球上所有人的道德高度都达到了一定境界，能把集体的范围扩大到整个人类世界，那么，我们所有的人，都会在一个相亲相爱的和谐世界中快乐地生活，那是我们每个人的美好理想。我坚信会有这一天，不过在这之前，我们不能太贪心，理想，也需要一步一步去实现。

环航期间，与很多人聊起日本人时，大家都说：“日本人呢，一个日本人是一条虫，但一群日本人就是一条龙。”于是我想，那么我们中国人呢？脑海里便立刻浮现出那个大家耳熟能详的故事：一个和尚打水吃，两个和尚挑水吃，三个和尚没水吃。

虽然这样的对比难免让自己有些尴尬，但转念又想，既然已经开始知道自嘲与反省，那么或许我们离改变也就不再遥远了吧？真心希望那一天能够在我们这一代人的共同努力下，早早地到来。

大洋上的运动会

曹诗嘉

从某一天开始，Peace Boat（“和平”号）中心外贴出了四张纸，分别书写着红、白、蓝、黄四个大字。它们代表运动会的四支队伍，按照生日所属月份，船上所有人被分到这四组之中。说起来这似乎是一件非常普通的事情，却苦了归属于白队的王老师。白色在中国是丧事中的主色，在日本却没有这么回事，先是老太太们兴高采烈地在越南斗笠上扎上白色纸花，再是年轻人用白色的绢纸做成一匹带着翅膀的大马，最后每一个人在头上系上了白色布条。宣传片中，队长跪在镜头前仰天长啸，身后一群白衣群众摇着白花助威呐喊。队旗上布满所有队员的黑白照片，一幕幕惊悚场景接连上演，让我真是哭笑不得。若有不知道情况的中国观众哪里会想到他们这是要去开运动会！ 经过一系列视觉上、心理上的折磨，王老师毅然决然地退出了参加比赛的队伍。虽说入乡随俗，但是这样的文化差别确实让人无法接受。

相比之下，我和高晴非常幸运，被分到了红组，然后在一位日本老奶奶的鼓舞下加入了啦啦队的行列。这是一个由年轻人组成的团队，几个男孩子编排好了动作，就带领大家紧锣密鼓地操练起来。此时的“和平”号正向新加坡驶去，天气越来越热，大海之上的太阳毫不留情地烘烤几乎要烧起来的甲板，而日本年轻人不仅没有躲进开着空调的船舱，反而选择在正午时分到甲板上练习。他们似乎很享受在太阳下挥汗如雨的感觉，一个个光着脚丫子跳得十分开心。我有参与的热情和决心，也不在乎太阳是否毒辣，唯独在语言沟通上犯了难，日本年轻人几

参加大洋运动会的我们

乎不懂英语，而我更是对日语一无所知，如此一来，我只能通过观察来猜测他们的意思。好在那位鼓舞我参与的日本老奶奶认识很多汉字，每天到了排练时间，这位日本老奶奶便会准时出现在甲板上，拿着本子和笔等待帮助我们做翻译的机会。每当队长做出指示性的命令，她就会跑到最前面认真倾听，然后再一溜小跑到我和高晴面前，将关键词认真写下来给我们看。身边的日本年轻人也总是用关切的目光看向我们，每当我们点点头表示听懂了，他们就开心地拍手庆祝。这样的帮助让我感动，但与此同时心中也充满了对这位日本老奶奶的愧疚之情，让年逾七十岁的老人顶着火热的大太阳为我做翻译，无论如何也是一件不通情理的事情，然而无论我如何解释、劝说，下一次排练时，这位满头银发的老人还是会出现在甲板上，倚着栏杆，微笑地看着我做出每一个动作。

运动会在“和平”号驶离新加坡的第二天拉开了帷幕，太阳（红队）、风祭（蓝队）、雷神（黄队）、白马（白队）四支队伍庞大的人群涌到了十层甲板上，各自占据一角天地。看着眼前一片欢腾场景，我意识到运动会只是给大家一个聚在一起开派对的理由。主持人戴着夸张的魔术师般的大帽子；裁判穿着蓝上衣，黄短裤，系着红头巾，上蹿下跳，看着十分滑稽。再看各队队长更是极力地展示自己的独特个性：黄队队长裸着上身，背上写着大大的“雷神”二字；蓝队队长身着长袍，走起路来长长的带子飘在身后；白队队长的头发蓬蓬松松地吹到一边，脑门儿上绑着有些瘆人的白色布带，T恤上画着一匹白马；我们红队的队长更是把头发都染成了红色。台下观众也不甘示弱，老奶奶们在耳旁别上了巨大的红色花朵，老爷爷们在领口系上黄色的蝴蝶结，一些男孩儿还穿上了超短裙。除了日本，我不知道还有哪一个国家的人民会如此装扮自己！真实参与一次他们的活动，才真正体会到了舒国治的那句话：日本是气氛之国。

运动会的特别之处在于全民参与，无论你是否是体育健将，只要有一颗热诚参与的心，就能拿到比赛的入场券。比赛项目都是需要几个人配合完成的，譬如两人三脚，规则要求必须老少搭配。我和一位老奶奶被分到一组，她小小的个子比我矮一头，我双手紧紧地环绕着她的肩膀，生怕她一个不小心摔到地上，那就乐极生悲了。她就像是生长于我身上的一株小小的藤蔓，被我又抱又抬地完成了

海大学生郭小兰与船上乘客参加大洋运动会

大洋运动会后的合影

比赛。不过话说回来，虽然这些老爷爷、老奶奶按照年龄应该坐在家中藤椅上慢慢摇晃静享时光，手持一把蒲扇给孩子们讲述他们丰富的人生经历，可是他们的心态却像20多岁的年轻人一样充满了青春的活力。说话有点儿吃力的老爷爷们积极地参加了跳大绳比赛；平常走路慢慢悠悠的老奶奶们也和姑娘小伙子们一起赛跑起来，偶尔一位一个不留心扑倒在地上，正当我们揪着一颗心担心她是否安好的时候，她顾不上捡起帽子整理衣服，而是快快地爬起来向终点冲刺去了。正是这样不服老的心，让船上的老人们都显得比实际年龄年轻好多。我们平常一口一个大叔的先生实际生于20世纪50年代，那个穿着白色蕾丝花边儿上衣、粉色蓬蓬裙、涂着樱桃色口红的女士竟然已经70多岁了……对于他们来说，在船上讲述自己的年龄或许是一件值得自豪的事情，因为得到的回应总是对方一脸的惊讶加上不住地称赞：“您看上去真年轻啊！”

运动会的最后，主持人宣读了比赛结果，当听到他喊出了阿卡（红队）的一刹那，我还有些迟疑，但看到周围的队友们突然从地上一跃而起，发出狂喜的欢呼声，才意识到我们赢了。所有的红队成员开心地拥抱着彼此，几个男孩子把队长抬起来一次次向天空扔去。这样的快乐有打败时间的力量，即使很久以后回忆起当时的场景，还是会忍不住笑出来。在运动会中，我不是一个简单的旁观者，而是真真切切地参与了其中的每一个环节，在整个过程中我收获的关心和鼓励让我相信语言不通并不能阻隔情感的交流，这一场运动会为我打开了融入“和平”号邮轮的大门。

旅程中的每一段记忆都会留下几百张的照片，也许是傍晚甲板昏黄的灯光，也许是沙滩上踩着浪花奔跑的孩子，也许是街头老妇推车里五彩的冰激凌……在你经过的瞬间，这些景或人带给了你心灵的触动，于是赶快按下快门，期待日后这些浮光掠影可以帮助自己穿越时空，回到当初的那个甲板、那个沙滩、那个街头。当行走一路的我回到房间，疲惫地歪在床上，把相机中的照片像倒水一样哗啦啦传到硬盘里时却突然意识到，这繁杂的记忆里，只有几个影集是我愿意一遍遍翻看，让一片片回忆如蝴蝶一般纷至沓来的，正像此刻我再一次打开那个名叫“大洋运动会”的文件夹，让一段红色回忆再一次温暖了心扉。

第三章
燃情东南亚

【越南岘港】

【越南的摩托车和酒窝男孩儿】

【你好，新加坡】

【蒙爱之国：斯里兰卡】

越南岘港

孙乐天

我们一出发就遇上了台风，船有些晃，还好我的晕船反应倒不是很强烈。过了那两天，天气就晴朗起来了。当船行驶在中国南海附近时，我看到了令我一生难忘的美景：蓝天白云，大海平静得仿佛丝绸一般，蔚蓝的天，湛蓝的海。坐在沙滩上看海，总是伴随着浪花，而此时的海一改往日波涛汹涌的面孔，显得如此静谧、安详。

经过一星期的行驶，船到了越南岘港。7月的热带地区不用我说，想必大家也能想象得出来其炎热的程度。其实，我对越南岘港的印象并不好，我想除了天气炎热使人烦躁之外，跟整个城市的发展水平有很大的关系。

我们的上一站是日本，不管是在东京还是横滨，都是干净的街道，良好的秩序，让人待在那里感觉很舒服。而来到越南，虽然身处其第三大城市，但是它的建设甚至不及我国东部省份的普通地级市。从码头出来后走在沿海公路上，感觉就像是个开发区，到处都是工地，给人一种很混乱的感觉，这跟日本的井然有序简直有着天壤之别。从一个落后的地方到一个发达的地方你的感觉或许没有这么强烈，但是反过来给人带来的冲击是很大的。一路上这种感觉一直伴随着我，包括从新加坡到斯里兰卡，从挪威到多米尼加，甚至从东京回到青岛。

在越南发生了“我与椰子”的故事，这件事被我写在了游记中交给了我们的带队老师，令我万万没想到的是，这竟成了一个笑柄。

在我心中，椰子是种很神秘的水果。我生在北方，长在北方，对于南方的水

越南岘港市居民区

越南岘港中国援建的海上大桥

果并不是很了解，对于椰子这种热带水果所知更少。中国的北方很少见到椰子，我也从来没有吃过，这次到了越南，心想怎么也得尝一尝，这可是椰子的正宗产地。我在一个景区见到了一个老太太在卖椰子，大概是1.5美元一个。我一想景区的东西肯定很贵，时间又紧，又不好拿着，就没买。后来一问当地导游椰子的价格，我立刻就后悔了，那个椰子并不贵。我的眼前重新浮现出了那个饱经风霜的老太太，岁月的刻刀无情地在她的脸上刻下一道道皱纹，诉说着贫穷的生活带来的艰辛，这样的面孔很容易让人联想起穷人甚至乞丐，他们从事着繁重的劳动，却处在社会的底层，一生贫困。我想我的1.5美元对她来说可能就是一天的伙食费，尽管我并不富有。我甚至有些怀疑自己的内心，为什么会有那样的第一反应？是以前的经历使我有了戒备心理，从而产生了距离感和人与人之间的不信任？这是人性的阴暗面吗？我不断地剖析着自己，答案似乎是又似乎不是。

告别了越南，我的心情是沉重的。同样都是国家，差距竟如此之大。贫穷跟富有比起来，前者给人的感受更深。联想起越南与我国，我开始重新思索“国家”的含义，进而想到了“和平”的意义。

越南的摩托车和酒窝男孩儿

郭小兰

到达越南是船在海上漂泊了一个星期以后，7月26日，正是阳光明媚的夏季。远处轻纱般的薄雾衬得天空蓝得更加柔和。踏上陆地的那一刻心里无比踏实，特地用力跺了几脚，如果不是顾着周围的同行者，我大概是要跳上一跳了。

因为是停靠的第一个国家，我心里充满了期待。据说在这个我印象里与云南相邻的国家可以使用人民币，我很想尝试一下，所以在船上大家都去用美元兑换越南盾时，我只跑到兑换处见识了一下越南盾的样子就果断地离开了，心想实在不行就花美元。后来证明我的决定是正确的，换了钱的几位都很发愁怎么把钱花出去。不过人民币在岘港是没法用的，大概在靠近中国的越南北部可以使用。

车刚开出一段路我就惊了，这就是越南？是国外？我恍惚觉得自己是回到中国的某个小城镇了，难道我是梦里来环球的？我真想让坐旁边的人掐我一下。心里一股失落感涌上来，继而我又自我安慰，说不定只是这一小块地方是这样。而事实是我的期待落空，失落了一天。

午饭刚过我们就被撂在一个商场里。为了买一点儿当地特色的东西，我和欧阳老师、王大姐自力更生，走出商场在大街上闲逛。要过马路时我惊呆了：好不容易找到斑马线，绿灯时刚要迈开腿，发现一辆摩托车呼啸而过，带起的风让我散着的头发都跟着飘荡了许久，接着又是一辆。我疑惑了，难道这里的红绿灯跟国内的不一样？等了许久，发现骑摩托车的人竟然是不看红绿灯的，在街上穿行不停，再看行人也是一脸坦然，左右看看就在车流中穿行而过。我们三个初来乍到的旅行者只好互相紧紧地拉着手，犹如冒险闯关般提心吊胆地左右闪躲，等到了街对面都是大呼一口气，心中后怕不已，五六米宽的街道倒是让人在大热天里差点儿惊出一身汗来。后来一问才知道，在岘港街头，摩托车是主要交通工具，数量庞大，在街上穿行速度奇快，甚至在闹市里也一样，船上的乘客还有特地去租摩托车来体验这种感觉的。我很好奇这样乱的交通秩序不会造成大量的交通事故吗？回答是当地的人早已经习惯，行人过马路只要按同一个速度通过即可，切不可因为惧怕突然停下或者突然加速，否则就只能自求多福了。

大家兑换的越南盾最后都花得很无奈，连稍微合意的旅游纪念品都找不到，大多都被很不甘心地消费在超市里的零食上了。说到这里不得不提的是越南的货币，即越南盾。在越南随随便便的一个人都可以是百万、千万富翁，欧阳老师在船上用20美元兑换了40万越南盾。大家有借钱的都互相调侃道“记得啊，欠我两万”“小意思，回船上就给你五万”，很是过了一把富翁瘾。不过数钱一定要谨慎，先把钞票上的零数清楚了再递出去，我都是反复确认两三遍，谁让它的零那么多呢。我在这里见过的最小面值是1000越南盾，不知道有没有更小面值的。

陪着欧阳老师和王大姐在街上逛，最后决定买水果。街头的榴莲、龙眼、荔枝和红毛丹等热带水果看着很是诱人，加上天气又热，我们一商量就决定买了。这场交易简直就是靠手势来完成的，本着“有事，弟子服其劳”的原则，我自然是站在欧阳老师前面开始琢磨着怎么把水果买下来。我下意识地用英语问了一句多少钱，话出口我就知道白问了，对方一定听不懂，还不如说汉语，反正效果一样。带着尖顶斗笠的中年妇女把挡在脸上遮阳的花布拿下，看出我们有想买的意思，很热切地打开腰包把钱掏出来。比画了一番，我总算明白她是在告诉我一斤荔

越南的主要交通工具是摩托车

枝的价格。我在心里估算一下大概也就人民币四块多，就把价格告诉欧阳老师，老师点头表示没意见，我心里想这下少了还价的麻烦了。我抓了几把让她称，然后就站起身来，这时我看到一个男孩儿交叠双手抱臂倚在一米开外的树干上，微笑着看我，脸上的两个可爱的酒窝，让晒得微黑的脸庞立时生动起来，他大概是觉得我们比画着买水果很有意思，话都不说一句也能达成一笔交易。他很腼腆，我估计跟我差不多大，穿着破旧的T恤和牛仔裤，见我也看着他就把目光转向别处，一会儿又看回来，真是有趣。我结完账离开，走了几步突然回头，竟然发现他还在看我，我就咧嘴给了他一个大大的微笑。他呆了一下，直起身子放下手，像是要走过来，又停住了脚步，不过一两秒钟的事，我很开心地和身边的两位一起离开了。

越南之行就这样草草收场了，带着失望回到船上，黄昏的岘港却意外地一下子平复了大家烦躁的心绪。岘港的黄昏安宁、美好，夕阳被不远处的小山挡住光线，只剩柔和的光晕洒满了那一方的天和水。港口停泊着几艘船，我们的“和平”号白色的船身，橘红色的顶格外显眼。来来往往的渔船在港口周围自由航行，在水面上留下一道道逐渐消失的航迹。渔船上的人们戴着尖顶的斗笠，不时交谈着，脸庞在夕阳余晖的映照下一片金黄。是了，这里的人们一直这样生活，我的不满足是多么肤浅。旅行本就是如此，充满未知和意外，我不喜欢的地方却也是那里的人们世代生活的家园。白天的浮躁在这一方安谧的天地里渐渐随着晚风消散，起航的笛声响起，期待下一站的风景。

你好，新加坡

潘国锋

7月29日清晨，船如期抵达新加坡，早上7点左右，船就开到了新加坡的外港，在这里停留了一段时间，排队进港。隐隐约约透过椰林榈影可以看到一抹漂亮的海岸线，以这个角度看新加坡是比较特殊的，轮船不同于飞机那样快速地着陆，而是慢慢地靠近它。

看着身后的海面与天空，又是一个好天气，太阳挣脱出云层，光芒万丈，海面瞬时一片金黄。许多货轮进出港，到底是曾经最繁华的港口啊，霸气依旧，突然想起《加勒比海盗》中发哥的那句："Welcome to Singapore！"

右舷登岸，新加坡的航站楼很特殊、很先进，到码头后要先乘电梯上升到第二层，然后经过一条长长的通道，转个弯后继续走一段，然后乘电梯到第一层，办理入境手续。新加坡如今有四种官方语言，除了应用最广泛的英语与华语外，还有马来语和泰米尔语，有意思的是，在华人聚集地粤语和闽南语通常比普通话好用得多。

入境的时候，我见办理手续的是一位华人模样的女士，就直接用"你好"问候，她却板着脸，然后直接用英语来一句：请出示护照！

我果然还是忘了，这是在新加坡，不是在中国。

很多中国人到新加坡之后，很普遍的一种心态就是把这里当成是中国的一个省，毕竟是一样的面孔，一样的文字。但新加坡人可不这么想，也不愿意有我们的这种想法。队长张先生后来和我说，给他办理手续的那个新加坡姑娘更牛，盖

绿树环绕的新加坡

完戳后他说了一句“谢谢”，结果那女孩儿直接来一句：“你们中国人每天来这里，我这个星期头一回听见一句‘谢谢’！”

是人家太嚣张，还是我们太过分？

绿色是新加坡的主色调。新加坡靠近赤道，雨水充足，终年如夏。这里绿树成荫，芳草萋萋，漫步在新加坡就像走进一个天然氧吧。马路两旁高大的常绿乔木将阳光遮住，就像校园里夏日的法国梧桐一样，阳光打在地上都是点状分布。在离港口不远的山上，向南俯瞰，眼前的新加坡没了城市的模样，全是树，是茂盛的热带雨林。

新加坡的高森林覆盖率不仅仅得益于这里温润的气候条件，更大程度上也因为国民极强的环保意识。每年11月前后有全民植树节，为期两周。全民植树，那该是多么壮观的场景，幼小的树苗被小心翼翼地植入泥土里时，它承载着新加坡市民对这里优美环境的一份担当，在将来的某个盛夏，它将欢快地舒展，为这座城市增添一抹充满生机的姿色与清凉。

高高的棕榈树像门卫似的伫立在一幢幢高楼前，车辆左行，有秩序的交通是新加坡的骄傲之一，据说这里很少堵车，对这样的国际化大都市来说是极为不易的。来新加坡必去鱼尾狮公园，每年几百万的游客慕名前来观赏鱼尾狮雕像，这既是新加坡的地标，也是新加坡的象征。当年印尼王子来到这里后，看到了当地的一种怪兽，这种怪兽体形比老虎大，王子被当地人告知这是狮子，于是印尼人就把这里称为“狮城”。新加坡独立后，李光耀总理亲自选定鱼尾狮为新加坡的标志，因为它既表达了“狮城”之意，又体现了新加坡与海洋紧密相连。鱼尾狮雕像位于新加坡中心商务区前，它背对着林立的高楼，踏着蓝色的波涛，终年不断地朝海中喷水，来观赏的游人络绎不绝。

新加坡文化极为多元，因为地理位置实在特殊，多人种、多宗教在此聚集——欧美人、华人、印度人、阿拉伯人；佛教、基督教、伊斯兰教。因此，在这里一天就像到了三四个国家，刚才还在鱼尾狮公园体验着繁华都市的律动，一转身就来到了拥有无数中华美食的吃货天堂牛车水，吃饱了继续前行又会闻到来自印度的咖喱气息，午后的清真寺里又传来虔诚的诵经的声音。

导游介绍新加坡的历史

海洋大学师生在新加坡鱼尾狮广场的合影

蒙爱之国：斯里兰卡

胡静一

斯里兰卡，有一个很美的别称：印度洋的一滴眼泪。然而这滴晶莹泪珠里折射出的，却是最慷慨灿烂的笑容。科伦坡，环航第三站，让心呼吸的一站。

第一站越南，第二站新加坡，老实说我并没有什么特殊之感，但斯里兰卡的首都科伦坡，给人的感觉则完全不同。与前者相比，它好像是停靠在另一个“空间站”里的“挪亚方舟”。这里虽然没有金碧辉煌的高楼大厦，也没有只供极少数人享受，但却“享受”着大多数人“仰视”的五星酒店顶层露天游泳池，但就是这样一个并不光彩夺目的科伦坡，却神奇地让我感觉到一种生命的张力。我在那些面对我们的镜头时，眼里闪烁着无限喜悦与兴奋的当地人的眼睛里，找到了我一直期待的那份没有任何矫饰的真情实意。

其实要说22个国家中，被我们最“漫不经心”对待的，就是斯里兰卡了。由于顾忌海域安全导致邮轮航程拖延的原因，船方起初打算把斯里兰卡这一站取消，最终，经过多方协调，我们还是获准在斯里兰卡停留四个小时，以一种最“亚洲观光客”的方式——车窗游（游客全部坐在旅游巴士中不下车，只是透过车窗欣赏观光），完成了对印度洋的这滴眼泪的感动。

坐在大巴车上，窗外就是科伦坡的世界了。迫不及待看向它的第一眼，就让我有些出乎意料。

头顶，天空蓝得清亮，像一块水中的鹅卵石。絮状的浮云轻巧地散落其间，勾勒出“鹅卵石”纤美的脉络。最让人一见称奇的是那些成群结队，从我们头顶

斯里兰卡首都科伦坡

气势磅礴地飞过的乌鸦。

原来在斯里兰卡，乌鸦所代表的居然是“吉祥如意”，难怪这儿的人看见它们不恼也不躲，挺快活的样子。奇怪的是，就算是我们这群对乌鸦一向有偏见的外邦人，在这里看见它们，居然也没有不悦之感。我甚至还觉得，这些羽翼乌黑光亮的鸟儿，时而昂头傲然挺立在科伦坡的穹顶和塔尖，英气逼人如同科伦坡忠诚的守护者；时而目光深邃俯瞰大地，岩石般冷峻沉着，仿佛它们正是此地的先知与君王，对沧海桑田世事沉浮都了然于胸。

我忍不住想，连乌鸦这样给人以冰冷阴森之感的鸟类，在此地和谐的氛围中，都不再显得那么可怕，那么，这究竟是一个怎样的地方啊？虽然它不带半点儿“显摆炫耀”的意思，却又好像实在是非常特别。

大巴车一进入科伦坡主城区，盛满阳光的空气，便好像轻轻裹上了一层混合着天蓝与泥黄的颜色。有点儿意外的是，这种独特的“科伦坡调调儿”似乎异常符合张爱玲笔下的她十分钟爱的“世俗的气息”。虽然与印度隔海而立，但科伦坡并没有染上纱丽般的香艳，只是淡淡地生出了自己的一派祥和与温馨。

科伦坡南部的街道是狭长而笔直的，高矮不一的店铺紧贴在一起沿街而立，五颜六色的招牌则十分热闹地在街道上空“摇曳生姿”，有点儿像是20世纪80年代的香港电影中经常出现的那种场景。只是科伦坡的街边小店远没有“国际大都会”店铺的那份“江湖气”，而是有点儿小家碧玉低眉顺眼的样子，乖巧而又老实。

除了繁星般的店铺一路铺陈下去，显得蔚为大观以外，大街上还充斥着水流一样的人群，各种型号和样式的摩托车、三轮车，还有看着单薄傻气，但又透着可爱的中巴车和小巴车。豪华的大巴车，除了我们自己搭乘的，在这里几乎是看不到的。南部，其实是科伦坡平民生活气息比较浓厚的地区，我们刚好撞上人家下午2点上班、开店、上学、做生意的“浓稠时间”，结果，本来就车水马龙的街道，此刻更加水泄不通。

豪华大巴车像感冒了一样懒懒地“匍匐前进”，路边匆匆赶路的上班族、骑着自行车赶去学校的学生、头顶着一堆货物却还能步履矫健的工人、街边忙着开店整理商品的小贩……无数鲜活生动的身影不由分说地聚在一起，亲亲热热难分彼此。

从科伦坡的南部平民区出来，我们开始向更接近城市中心的福特区和贝塔区前进。据车上导游介绍，这两个区是科伦坡的精英区，也就是比起南部平民区，这里是经济条件更优越一些的人所住的地区。导游话音刚落，我就开始在脑海里放肆地勾勒起所谓精英区的模样来了。

嗯，洋房别墅是肯定的嘛，但外貌肯定都是大同小异，反正豪华光鲜就是了。街边还应该像我们的“××庄园”“××豪苑”那样，停放着一水儿的奔驰宝马捷豹宾利，进出小区的时候还有门卫莫明其妙地敬礼（一般也不让外人进出）……正当我一路想入非非时，不知不觉，精英区已在眼前了。

我能说什么呢？看来，科伦坡一行就是用来告诫我，凡事不要太自以为是地想当然。你看，眼前，郁郁葱葱的树木，从那些私人住宅的白色矮墙里探身而出。木框窗台上，清新娇嫩的花朵在清风里向路人晃着小脑袋示意。开阔的草坪、齐整的绿地、还有诗意浪漫的林荫道和街角浅棕色的咖啡屋……科伦坡的精英区似乎没有想象中的“霸气外露”，倒是低调安静地散发着大自然的古朴之气。我一再观察，却并没看见这里有门卫驻守，也没有发现任何防盗或者监控设施，街上也不见重金购置的世界名车的踪影，只有一种非常自由、开放和温情的空气在这里缓缓流淌。

于是我想，人们说这里是科伦坡的精英区，或许并不是由于在这里居住的人是有钱的富人，就够格叫“精英”了。而是因为这里的富人，不仅是经济上富有的人，同时，也是在道德和文化上十分“富有”的人。我猜测，科伦坡的市场法规和制度是较为合理完善的，因此若要想在这里挣到钱，不能依靠我们平日所听闻的那些“有效”手段，比如贪污、贿赂、造假、投机、炒作、垄断等等，而是需要凭借一些商业运作中正面和积极的因素去获取，比如科技、研发、效率、管理和文化等。故而，科伦坡的精英，其实是一些具备了高道德和高文化素质的人，他们依靠智慧和道德去挣钱，所以有了钱成为富人以后，并不会选择奢华无度地生活，而是更乐于营造一种健康、阳光的生存环境。其次，当我了解到斯里兰卡是一个佛教国家之后，我想，很可能佛教文化也是这其中的一个根源，道德和良心，也可能是在宗教的要求与激励下而被长久保持的。

我刚要开始发问，导游像是看穿了我们的心思，主动介绍给我们听。原来，斯里兰卡是一个社会福利特别好的国家，政府长期以来实行大米补贴、免费教育和全民免费医疗等各项福利措施，全国兴建医院500多所，使斯里兰卡大多数居民能够没有后顾之忧地安居乐业。尤其值得一提的是，斯里兰卡的免费教育是真正的免费，一直到大学，只要你成绩优异，就不愁会因为交不起学费而无法继续学业。同时，斯里兰卡还倡导和组织南部与北部学生之间的交流学习，让他们在全国范围内学习国家各个地区的科学技术、人文地理，体验社会各个角落真实的面貌和差异，而政府会尽最大的努力去满足他们物质上的所需。

导游的介绍，让我非常敬佩这个国家的政府对其责任和义务的承担。他们用明确的制度和政策，避免了口号式的“政治表演”，真正保障了这个社会的安定和睦。一个国家的权力阶层，应该真心关爱它的人民，真心希望每一个人都能拥有更好的生活，而不是把人民赋予的统治权力视为攫取利益的前提条件。我想，

斯里兰卡的科伦坡市政厅

只有如此，这个国家的政府和人民，才会像我们在斯里兰卡所见这般，拥有这样平和包容的心态。

换句话说，就我们在科伦坡所感受到的，我觉得，一个人的心中承蒙了多少来自他人的爱，获得了多少来自社会的关怀，日后，他也必会通过自己的言行，将其拥有的爱与光，化作温婉细腻的涓涓溪流，在人类原本平凡朴实的生活里，让它无声却有力地流淌，让它洗涤所到之处的每一寸目光和每一缕灵魂。

斯里兰卡的科伦坡，或许就是这样一座“蒙爱之城”。因此，我们才如此幸运地邂逅了这些善意而真诚的眼神，也收藏了这许多温暖而包容的笑容，即便我们相隔万水千山的距离，即便我们说着天差地远的语言。但爱却从来没有差别，也没有界限。

第四章
异域中东

阿拉伯的海

孙乐天

由于在印度洋上遭遇到了季风，船的行程有些耽误，而为了赶上在亚丁湾日本海军舰队的护航，我们在斯里兰卡只逗留了几个小时。科伦坡的行程完全是车窗观光，整个城市除了富人区的建设好些外，其他地方都是破破烂烂的。离开科伦坡，又驶入了茫茫的印度洋之中。船继续在颠簸中航行着，直到有一天，感觉船不晃了，而船速也降了下来，我猜，亚丁湾到了。

连续十几天的晕船暂告一段落，我因此对亚丁湾竟生出些许的好感来。因为有军舰护航，所以我的心中并没有多少恐惧。“海盗肯定不劫我们的船，这上面只有人，劫了也没用，还得管饭吃。”大家如此开着玩笑，但是船上的气氛还是有些紧张。所有的窗户都拉上了窗帘，或者是被贴上了纸板，防止晚上透光被海盗发现。乘客不允许用闪光灯向船外拍照，晚上也不允许上甲板。听船上的工作人员说，因为是客轮，他们的压力比普通的货轮更大，所以还是小心为好。

军舰为邮轮护航

很久没出去走走了，当我走上甲板时，惊讶于周围原本空旷的海面上不知一下子从哪里冒出了这么多艘船。十几艘大大小小的船只在海面上排着队缓缓地向前行驶。我心中暗自发笑：“几个小小的海盗毛贼竟把这些‘庞然大物’吓成这样。”原来他们有武器。这样过了两天，出了亚丁湾，大家就分道扬镳了。

人的感觉有时就是这么奇怪。人家普遍赞美的地方，比如新加坡，我感觉也没有什么新奇，而像亚丁湾这种臭名昭著的地方我的感觉却挺好。所以说“耳听为虚，眼见为实”，有些地方只有在亲自体验了之后才会有一些独到的见解。

过了亚丁湾，便进入了狭长的红海，这段时间可谓“风平浪静，阳光明

海上护航的直升机

媚”。只因红海和亚丁湾都靠近阿拉伯世界，所以我就给它们起了个统一的题目，叫“阿拉伯的海”。

我本以为红海因靠着产油地区，自身的水质会变得很差，但频频出现的海豚完全颠覆了我的主观臆断。这里的海水是纯净的蓝色，看不到船只，看不到波浪，看不到白云，仿佛在太平洋上一样。这让我疑惑“红海”这个名字的来历。查阅了一下资料，原来红海的局部地区会因红色海藻生长茂盛而呈现红棕色，红海因此而得名。

在船驶到红海北部之后，就能看到一些小岛了。在蓝蓝的海水中，突然出现了一个土黄色的小岛，完全的土黄色，没有一点儿绿色的痕迹。这样的景色让人很是惊奇。好久没有见到陆地了，此时这毫无生气的小岛竟显得如此亲切。

在到达约旦的前一夜是一个月圆之夜，按中国的农历是七月十四。我来到甲板上，人很少，望着那圆圆的月亮在东方的天上挂着，在海面上留下了一条长长的倒影。船走得很慢，只有一道道的涟漪在船的两侧分散开来，呈一个喇叭形，又消失在远方。四周听不到声音，闷热的空气更增加了这种寂静感。如此的静谧使我不禁想起了古阿拉伯文明中的那些动听的故事，它们也应该是在这样的月色下写成的。朦胧的月光使阿拉伯世界更具有神秘感，那些古老的文明和宗教使人浮想联翩，我不禁沉浸在这梦幻般的月色中。这样的夜只属于阿拉伯，属于茫茫的沙漠和沙漠中的骆驼，属于一切具有阿拉伯风情的美好的东西。这样的夜，与“中东”无关。

世界上只有一个地区叫“阿拉伯”，它的名字和它的月色一样，充满了诗意。

红海的晨曦

进约旦记

孙乐天

说到约旦，大多数中国人的第一印象是中东国家很混乱，总是有冲突。在进入约旦之前，我的确是这么想的。出国之前也有人不停地对我说，到了伊斯兰国家要注意，要尊重人家的宗教，尊重人家的习俗，比如说不要把衣服穿得很暴露等等。到了约旦之后，我渐渐知道事实并不是这样的。

上车后，导游一直在向我们介绍约旦的各个方面。在导游的介绍中可以知道现在约旦的社会很稳定，虽然资源在中东是倒数第一，但是约旦的教育和医疗在阿拉伯国家却是正数第一。用导游的话说约旦的政府很穷，但是约旦人民很富，这跟埃及正好相反。

导游对于约旦的历史讲得比较多。这里的文明不如四大文明古国悠久，文化也没有那么绚烂，但是这里在古代是一条商道，是西方人去东方的必经之路。后来被古希腊、古罗马占领，各种文明在这里交融，有着很独特的一面。安巴特人在这里留下了佩特拉古城，留下了陶器，诉说着古老的阿拉伯人——沙漠中的游牧民族的生存之路。

佩特拉是一个令人震撼的古城，它既有着大自然的神奇，又有着人类的智慧。古老的水渠、美轮美奂的洞窟、精美的陶器，诉说着安巴特人灿烂的文明，讲述着阿拉伯民族的历史，闪耀着阿拉伯人的智慧。整个城市曲曲折折，是安巴特人祭祀和避难的场所，所有的洞窟都是在砂岩上凿出来的。或许有人问，这么大的洞窟是怎么凿出来的？这就是安巴特人的智慧。他们在岩石上凿一条缝，将木头削成楔形后插进去，浇上水。木头吸水膨胀，将石头撑裂。就这样，一座庙宇花了三年时间就建成了。安巴特人的文化是凿出来的文化，他们的坟墓也是凿出来的，这种建筑在地震中被很好地保留了下来。

约旦佩特拉遗址的大水槽

峡谷里的玫瑰红

潘国锋

8月13日，经过三个多小时的车程，终于抵达了位于约旦中部的佩特拉古城。从一个山头上的小镇向下走到底，进入佩特拉之后沿着石子路行走，石子路分两条，人和马各走各道。向前走大约一公里，就可以看到一条宽不过五米的狭长峡谷巷道。巷道高约十米，在中午的太阳光下呈现出耀眼的红色，红得还不一样，峡谷上面太阳直射的岩石是火红色的，往下一点是橙红色的，峡谷底部是朱红色的，站在峡谷里向上看，蓝天一线，十分壮观。峡谷两边的岩石，被风沙这把刀削割了几千年，显示出无数条曲线，这条路弯弯曲曲的，身边不时有响着铃铛的马车经过，有些地方见不着阳光，再从某个不知道的地方吹来一股风，后脊梁确实感到一丝凉意。

我学的专业和地质有关，看到精美绝伦的峡谷，忍不住又学术了一把：佩特拉为砂岩地区，岩体内的亚铁离子在高温燥热的环境下氧化成高价铁离子，因此部分砂岩呈现红色与紫色，所以就出现了玫瑰红，但是由于氧化强度不均匀，大多数山体仍呈现原始土黄色；随后，季节性流水沿岩石断裂面或节理面对岩体进行“切割”，同时风携带大量泥沙对岩体进行风化侵蚀，巨厚岩床经受激烈侵蚀后，逐渐形成孤立山丘与大峡谷。

不知道沿着这条峡谷走了多远，突然被前面人的尖叫声给吓住了，原来前面的空地上就是著名的佩特拉神殿，太阳光刚好从顶上打下来，外面的岩石像火一般明亮，和脚下峡谷纵横灰暗的玫瑰红对比十分强烈。峡谷不宽，还不能看到神殿的全

约旦佩特拉遗址的赛格小道

约旦佩特拉遗址中最壮观的“哈兹纳赫”宫

貌，等走出昏暗的峡谷抬头一看，豁然开朗，我的天啊，我是到天堂了吗？

整座神殿高40余米，宽30余米，在一块大岩石上雕琢而成，十二根高大柱子分为两层，上下各六根，支撑着神殿的外部，在两侧还有许多大小相同的方形孔洞，是灵魂通往天国的阶梯。在太阳光的照射下，神殿通体红色，看到它的时候只有震撼与惊叹，什么“好壮观啊”“好神奇啊”之类的话此时都显得毫无力气。

再接着往里面走，便不再是狭窄的通道了，而是越来越宽阔的大道，这是一个更大的峡谷。接下来看到的就是更加壮观的景象了，这是一座古老的城市遗址，放眼望去，高耸的岩壁上雕琢着大小不一的洞穴，有当年的法院、广场、祭坛，走在峡谷的中间往两边望去，还能想象到这座城市毁灭之前的热闹非凡。风沙从耳边呼啸而过的那一刻，似乎可以听见无数先民用他们手中的凿锤在一点一点地敲击着岩壁。这不是简单的敲打，他们分明是在雕琢，在大自然赐予的岩石上，先民们用智慧与勤劳，缔造了一个新的世界。

宁静的阿拉伯之夜

潘国锋

恋恋不舍地离开了佩特拉，走进那么壮观的古城，我的魂魄也被勾在峡谷里面了，我第一次被人类奇迹这样震撼着。继续北上，沙漠里的公路笔直地通向远方，目的地是200公里外的约旦首都——安曼。

晚上7点左右，太阳刚刚下山，戈壁上的落日总是壮丽的，夕阳的余晖洒下漫天的金黄。

满月时分，一轮洁白的明月低悬在安曼的山头上，天空很干净，没有什么云朵挡住月光，本来安曼就是白色之城，加上这片朦胧的月光，效果更好了。一路走来的路边树林里，可以看到许多当地的穆斯林家庭在这里开斋。

进城的时候华灯初上，这座城市的街道极其干净，安曼是个山城，马路都是上坡下坡的。经过几座立交桥，车忽然一个转弯，就到了酒店门口。

我在酒店的大厅蹭网，几个女孩子这时候已经溜达到街上去了。我太听话，晚上说不让出去就不出去，现在想想肠子都悔青了，上街的话可以欣赏夜景，她们还遇见了满大街的阿拉伯人抽水烟。

深夜在窗前向外看去，已经过了万家灯火的时刻，巨大的月亮悬挂在城市的上空，洁白的月光就像水银泻地一般，洒满整个安曼城，眼前的阿拉伯世界是如此恬静与安详。这不同于北京，深夜站在酒店窗前看到的仍然是车水马龙，也不同于东京，在狭小的房间内透过小小的落地玻璃窗看到的是一些似乎要将整个空间填满的高楼。安曼的夜色很是安详，空气极为纯净，月下就是朴素的淡色民房，远处的高楼放出并不是很耀眼的光，偶尔有几辆车在下面的马路上轰鸣驶过，整座城市显得更加安静了。

下死海

潘国锋

8月14日上午离开安曼南下后，一路上的海拔逐渐降低，车窗外是悬崖和峡谷，甚是壮观。到零海拔的地方赫然出现“零海拔标志碑”，前方的路就一直在海平面以下了。慢慢地，看到了前方的以色列地区；慢慢地，左前方出现了开阔的平原；慢慢地，看到了微蓝的海面。

是的，到了，到死海了，这个从小学地理书上知道的地方，现在我终于来到它的跟前了。下了三次水，中途洗了两次淡水淋浴，因为手上有伤口，一沾上死

海的咸水就像针扎一般疼痛。水很清但是又很稠，随手抓起一块石头，石头上全是白色的盐粒，岸边更是如此，白色的盐巴像石头一样坚硬，棱角又像刀子一样锋利。忽然想起那张一个人躺在海面上看书的照片，那样的广告实在坑爹，在死海里看书是不太现实的，那里面的高盐度决定了人不可能在里面待得太久，否则真的是去死海里找死了。因为泡在高盐度的水里很容易令细胞失水，严重时甚至有生命危险，所以每次至多在水里面漂浮10分钟，你就需要上岸冲冲淡水了。

死海表面低于海平面近400米，是地球上海拔最低的地方。死海平均宽度13公里，南北长约80公里，东面是约旦，西面则是以色列。如果就这么在水面上漂到以色列那边去的话，不知道到了分界线附近时会不会被以色列士兵打成马蜂窝。

斋月

潘国锋

这一年的8月正是伊斯兰世界的斋月。约旦中午车窗外的温度高达40摄氏度。随行的有一位当地警察——麦克维，二十四五岁的样子，我见到他不停地擦拭着额头上的汗水。车上的水喝完了，好不容易找到一个小卖部，司机买了一箱冰水上车，让我帮助他把水分给我们团队中的每一个人。水还剩下很多，我把一瓶水顺势递给了麦克维，当时并没有考虑其他什么，只是看到他不停地擦汗，而且没见他喝过一口水，我误以为他的水喝光了。

我递给他，他摇了摇头。

“干净的，喝吧。”

“不用了，谢谢。”他笑着说。

他最终还是没有接过我的水，突然他说了一个词：Ramadan（斋月）。

我当时恨不得找个地缝钻进去，竟然无知到这种程度，斋月期间，从日出到日落他们必须不饮不食。

之后他就一直坐在我的前排，从离开死海南下回到亚喀巴湾的过程中，我就注意到他尽量让自己处在阴凉的地方，毕竟太阳直射的地方气温达到40摄氏度以上了，在这种条件下很容易脱水。我注意到他在车上一直微微闭着眼睛，不断地擦着额头上的汗，这么热的天不吃不喝还要工作，肯定很疲惫。

《古兰经》对教徒们的斋戒这一规定，旨在通过饥渴之苦使人克制私欲，严格自律，同时体会真正饥渴的人们的疾苦，然后使人济贫行善。以前我只从书上

约旦阿卜杜拉国王清真寺

见过，而这天，麦克维的行为让我真正从心底里生出敬意，如果不是心有律法，怎么能做得如此坚定。

晚上7点，我们返回南部的亚喀巴城时，市民们已经开斋了，他终于从我座位旁拿起那瓶我一开始要给他的水，笑了笑，然后才把水拧开。

从约旦见到教徒们的虔诚开始，更确切地说，从亲眼看到约旦教徒们的坚定信仰开始，我对宗教信仰便有了另一种感触，此时眼前的死海那边就是耶路撒冷，世界三大宗教的发源地，是不是在靠近圣城的这块土地上，更容易感受到信仰的力量呢？

8月14日晚，要离开约旦了，约旦留给我的印象太深太深，庄严的神殿，湛蓝的天空，漫天飞舞的黄沙，齁咸齁咸的死海水，还有阿拉伯人深邃漂亮的眼睛，没法忘记。

当离开约旦亚喀巴港的时候，亚喀巴港外高耸的灯塔被淡黄色的灯照射着，

海大学生和约旦人共同擎起国旗

穿着民族服装的约旦艺术家

在月光下显得格外温馨。站在船尾向前看去，向左以色列，向右约旦，两边都是万家灯火，同样拥有各自的繁华。

我们的船越开越远，夜色中两片城市的灯火慢慢在视野里交融，原来两个世界离得那么近，几乎是咫尺之遥。

8月，月色中宁静的亚喀巴湾吹起了阵阵柔和的晚风，船此时也已经开足了马力，船身周围的波浪再次荡起，一波一波地向斜后方激荡开去。

入埃及记

潘国锋

离开约旦亚喀巴湾之后，船向南开进红海，然后掉头北上，前方不远处就是著名的苏伊士运河，由于运河交通管制，每一艘进入运河的轮船都需要在运河的入口处排队等候。

傍晚，我们的船依然在排队，16日清早，船内就有了广播，说现在已经进入运河了，大家可以去欣赏轮船在运河里行驶的样子。沙漠里的清晨，温度低得有点儿不可思议。向东，广袤的西奈半岛上已经升起红日，冲破云层的阳光开启了

苏伊士运河的入口处

苏伊士运河岸边堆积的物资

非洲大地新一轮的光明；向西，则是另一番景象，绿色的庄稼地生机盎然，不时穿过一片城区，高高的宣礼塔伸向天空，到了午后，传来经久不息的诵经声。

运河不宽，二三百米的样子，在运河里船必须以极慢的速度行驶，避免扬起的波浪对岸堤的击打损伤，可尽管每一条船都遵守着这样的规定，但是每年数量庞大的通航量，依然使得埃及政府不得不拿出相当大的一笔资金用于维修河堤。

船缓缓地开着，一直到下午5点，行驶了大约12个小时之后，终于走完了这条长约200公里的号称世界上最繁忙的航道，抵达埃及塞得港。奇怪的是，一路上就没见着一艘与我们相向而行的船，难道今天的船都是往地中海去的？

塞得港，位于埃及北部，地中海南海岸。船靠岸后天还没有黑，在我们离船之前，船方一而再再而三地提醒：此地江湖险恶，注意财产安全！

天色渐晚，我仅仅在港口附近溜达了一圈，街头有些凌乱倒是真的，但是远没有他们说的那样恐怖，相反，街上行人给我们这群陌生面孔的是特有的热情：一位憨态可掬的父亲向我问好，把自己的孩子牵过来，让我给他们爷儿俩照张相；马路对面的交警大叔在匆忙的工作之余，看着我的镜头送过来一个友好的微笑；有意思的是，两个小伙子坐在车里看见我们走在街上，便把车停下来问道：

"Chinese or Japanese?（中国人还是日本人）"

"Chinese（中国人）。"

其中一个竟然兴奋地说了一句"你好"，这还不算什么，让我印象最深的是，我们打个招呼往前走了一段路之后，他们竟然把车在前面的十字路口掉头，然后赶到我们身后。我心想这小伙子真有意思，过去问他怎么了，他的一句话又惊到我了，一句粤语的"你好"，然后他告诉我，他曾经在广州工作过一年，说广州很好，中国很好，这个小伙子说完之后就又开着他的车走了。

横跨运河的苏伊士大桥

天黑回船的时候，在码头附近碰到一个当地的医生家庭，一家人在码头附近散步，两个孩子，大大的眼睛，很可爱。我说我们就是坐这一艘船环游地球的，大叔立刻很幽默地说："把我孩子带上吧！"

我们在陌生的地方，常常做着没有必要的心理防备，有时候适当减轻一下，在每个陌生的路口，报以每个路人真诚的笑脸，那么你遇到的，也将会是灿烂的晴天。

塞得港，梦回“一千零一夜”

胡静一

那天，一觉醒来，竟身处苏伊士运河的河道中央。我飞快地跑上甲板，发现“和平”号的脚步正在粉红色的淡淡晨雾里缓缓前行。往前看，海的最前方散射出一片玫红霞光，梦幻般的光晕里，西奈半岛的茫茫大漠在船舷西侧，而左畔，是零星散落在泥黄色沙土中的，颜色浅淡的陌生村庄。

此时正值清晨5点，因为要通过苏伊士运河的关系，“和平”号的“禁地”——十二层（最顶层）甲板，今天也向大家开放了。甲板开放的时间段是从日出到日落，这是海上航行的浪漫计时方式。我们已经开始习惯每天晚饭时，看一看餐桌上是否有提醒我们午夜调整时差的小卡片，然后随口问问邻座的人：“明天，是什么时候日出？”

虽然平日里对日出时间稀里糊涂的人大有人在，比如一跟数字沾边儿就晕菜的本姑娘。但今天，看来大家都将苏伊士运河的日出时刻铭记于心了。甲板上，一脸兴奋与喜悦的人们，紧张地举着相机，翘首企盼着眼前的苍茫大地与汪洋大海一同从黑暗驶向光明的壮丽的美。

终于，当那一刻到来，决定用最美的笑容去迎接它的我，还是忍不住湿了眼眶，心也跟着战栗了。我顾不得去计算，那一刻，身边有多少湿润的眼角，只是执着地把脸深深地埋进那一抹醉人的橙红里去，不愿错过它带着奇异芬芳的醉心温暖。

通过了苏伊士运河，没想到我们的船在埃及塞得港居然比原计划早到了整整六个小时，因此当天晚上，早就按捺不住心中“法老情结”“金字塔情结”“艳后情结”等各种情结的游客们，成群结队地出现在了塞得港的大马路上。

颇具喜感的是，这里的当地人似乎很少见到与自己人种不同的人，忽然发现大街上多出了这么多“黄皮肤黑眼睛”，那真不是一般的热情。不要说街边路人，就连在大街上飞驰的巴士车、出租车，甚至私家轿车，见了我们，居然都会放慢速度摇下车窗，又惊喜又好奇地盯着我们，笑嘻嘻地猛挥手臂，跟我们“Hallo, Hallo（埃及人的问好方式）”个没完。甚至有一次，有一个开银色小轿车的卷毛小哥热情洋溢地跟我们说了一串“Hallo”之后，居然又开车绕了一圈回来，再一次兴高采烈地跟我们“Hallo”，要不是他舒舒服服地坐在车里，而我们顶着太阳走在路上，我都快把他当成我们的“粉丝”了。

还有些当地人，一摇下车窗，就举起手机，对着我们一顿猛拍。起初不知道这是个什么情况的时候，我还有点儿紧张，但渐渐地，我心里那点儿小小虚荣心就摇头晃脑起来，觉得自己平时真是被“埋没”了，明明就是个当明星的料嘛。

但这些和我们后面的经历相比，还不算是最奇妙的！最令我们兴奋的是，当我们四个女孩子跟大部队分开，自由活动以后，在离中国领事馆不远的大街上，我们邂逅了一位来自中国台湾的曾先生。当时，我们漫无目的地晃荡在街上，一看表已经到了吃饭时间了，大家就琢磨着，得上哪儿弄点儿当地的特色小吃去。正想着呢，忽然，我们觉得身后怎么貌似有“乡音”呢？大家赶紧回头，只见一位35岁左右的西装革履的先生，快步走上来到我们身边，问道：“嘿，你们是中国人吗？你们几个女孩子怎么上这儿来了？”哇！我们惊呆了，在这么个偏僻的小地方居然都能遇到“自己人”，顿时觉得，人口基数大也还是有好处的嘛。

曾先生是台湾人，对于他自己，他非常谨慎地只是寥寥数语一笔带过，告诉我们他其实是在开罗工作，塞得港只是偶尔工作需要才过来一下。当曾先生听说了我们的故事后，便热情地邀请我们去当地穆斯林的餐厅开斋吃饭。原来，8月正值伊斯兰教的穆斯林“封斋”的月份，他们每天从日出到日落都禁食，只有每晚7点半以后才能“开斋”吃饭。按照《古兰经》的教义，这是为了锻炼人们的意志，同时让有钱吃饭的人体会饥饿的感觉，明白能吃饱饭是多么可贵，所以即使有钱，也不能挥霍无度，而是要珍惜节约。

我们一听，顿时兴奋到了极点，虽然我们几个小丫头嘴上还是客气地说着“会不会很麻烦您啊？我们不是穆斯林这样去吃饭礼貌吗？”这样的话，但心里早就乐翻天了。其他几个姑娘似乎还有点儿警惕意识，问了问在什么地方，但我已经完全“丧失理智”了，觉得能在阿拉伯世界的穆斯林餐厅吃最正宗的穆斯林美味佳肴，感受最浓郁的穆斯林文化，这是多么难得的机会和多么奇妙的际遇啊！就是有钱也买不来啊。

曾先生大手一指：“喏，就在对面，看见那个绿色的餐厅没，周围停了很多车的那个，就是那里了。你们放心吧，穆斯林们是非常乐意在‘开斋’的时候邀请各种人去跟他们一起享用晚餐的。因为这对于他们来说是一种‘行善积德’，所以不光你们，对所有前去吃饭的人，‘开斋饭’都是不要钱的，是免费的。”听了曾先生这番话，我真是愣了，没想到眼前这么漂亮的一间餐厅，今晚所有前去“开斋”的人却都是免费的，而门口不断跟朝里走的客人握手示意的店主，看上去还真就是一副很开心、很荣幸的样子，我真是要晕了。

餐厅供应的饭菜非常丰盛，我们四个女孩儿刚好凑上一桌。雅致的淡绿色桌布，干净锃亮的餐具，还有不时前来关心客人需要的服务员，霎时间，我真怀疑，我们去的不是穆斯林餐厅，而是穿越时空隧道，提前来到了社会主义。至于斋饭，肉类主要是煎牛排和烤羊排，肉质细嫩，体积庞大，一块下去，饱了一半。接着，瓜子汤、浓酱汤、沙拉、酱料等等不知名的酸甜饮料爽口小菜一一上桌，主食是咖喱饭和穆斯林特制的一种淡黄色的薄饼，咸淡适中，就是分量实在太大。这也难怪，人家都一天没吃饭了，一顿当三顿嘛，只是我们几个并没有“封斋”，这会儿面对这样的“饕餮盛宴”，又觉得如果不吃干净是很不礼貌的，便只好吃点，往下压压，再继续。

最后，餐厅还准备了甜点和水果。我们发现，所有埃及的甜点都甜得让人睁不开眼，好在我是个嗜甜如命的人，这下可是解了馋了。水果是仙人掌果，去皮之前，红红黄黄的，拳头大小，比起我们云南出产的那种仙人掌果，它们还要大一些，红一些。吃的时候，我总觉得它们肯定用什么东西调了味道，否则也实在太好吃了吧，就四个字：清甜爽口！

吃饭的时候，除了我们一桌“特别来宾”，周围全是衣着光鲜、面容俊俏的穆斯林。我就奇怪了，怎么塞得港的人都长得这么好看啊？环视一圈，穆斯林男人个个高鼻梁、络腮胡、大眼睛、身材挺拔、英俊高大。他们人人穿着合体的深色西装，眼神深情款款，儒雅又神秘，随便拉过来一个，都可以拍杂志封面了。

穆斯林女孩子更不得了，我们旁边就坐着一大桌子的穆斯林姑娘，我只看了一眼，脑海里就浮现出那句“人面桃花相映红”，只是这里，你分不清眼前究竟是“桃花”还是“人面”了。真的，穆斯林女孩子一张张粉嫩的面孔，在精美头巾的轻裹下，显得无比恬静温婉。她们黛眉弯弯，唇红齿白，眼里闪烁着水波纹一样的涟漪，鼻梁就像艺术品一样精致俏丽。看得出，她们对我们也一样很好奇，却只是坐在那里捂着嘴笑着，眼神一下下瞟过来，悄悄打量着我们，不时地互相耳语几句，像是在交流心得体会。塞得港的女孩子好像都不太矮，体形丰盈匀称，因为宗教教义的原因，她们把身体用衣服遮挡得严实，但反而突出了身体流畅的线条，美得很，连女人看着都挪不开眼。

这么美的姑娘在眼前，我这个标准的“饮食男女”，故作镇定了半天，还是忍不住了，抱着“大不了一死”的无畏精神，提着相机张牙舞爪地就朝人家美女奔过去了。看她们不懂英文，我就用“全球通用世界语”——手语，指指相机，指指我，又指指她们，然后一通傻笑。善解人意的塞得港姑娘便立刻向我欣喜点头，我赶紧凑过去，于是咔嚓一声，我总算是可以把异域美人“带”回家了！

正当我朝她们弯腰示意表示感谢时，其中一个与我合影的塞得港姑娘害羞地拉拉我的手，从身后变出一个相机来，也学着我刚才的样子，指指我，又指指她自己，再指指相机。我愣了一下，哈，原来大家是“心照不宣”“异地相吸”啊！我赶紧拼命点头，揽过她柔嫩的肩膀，镜头前，心里觉得很温暖，脸上也笑得很灿烂。

在塞得港，这个貌不惊人的埃及城市，我们就像是走在“一千零一夜”的梦中，奇遇不断。第二天，我们就又撞上一件特别巧合的事。那天下午，当我们在街边做小馋猫买当地甜点的时候，由于老板和伙计听不懂英语，我们只能眼睁睁地看着美食流口水，非常郁闷。正在一筹莫展的时候，旁边一个黑衣素裹、面目亲切的穆斯林女孩子居然开口就是一句标准的普通话："请问，我可以帮你们吗？"

我惊呆了，觉得自己也没有那么饿吧，怎么都出现幻听了？猛甩一下头，再睁大眼，穆斯林姑娘依旧甜甜地笑着望着我们，接着问："你们想买点什么？我帮你们，我会一点点中文。"Oh，My God！（哦，我的天！）那一刻除了欢呼，我们还有惊讶，非常惊讶，怎么这个姑娘中国话说得这么溜？

在天使般的姑娘的帮助下，我们终于解决了"温饱问题"，在我们迫不及待地追问下，才得知，原来"天使姑娘"以前在开罗学习的时候，正好学习的中文，现在已经毕业了。原来如此，我有些微微的讶异，想象之中的开罗，似乎并不是一个国际化的城市，甚至，还应该有点儿荒乱。但是看着眼前这个说着中文、气质出众的塞得港姑娘，我对开罗立刻多了几分别样的兴趣。这个世界真的是不能靠"想象"二字去理解，这其中包容太多的可能，也给人太多的惊喜了。

在异国他乡，尤其是像在非洲尼罗河畔这样神秘而遥远的地方，突然有这样一张说着"乡音"的异域美丽面孔，真是让人又惊又喜！于是我们四人捧着那盆十美元的"混搭甜品"，真心实意地邀请她和我们一起享用，然而，她和旁边两个同样有着迷人微笑的穆斯林姑娘，却只是轻轻摇摇头，告诉我们说："我们在封斋，要等到晚上才吃饭呢。不过谢谢你们啦！"哦，对啊，都给忘了，这些可爱的姑娘啊，这会儿反倒谢起我们来了，是我们该好好谢谢你们才是啊。

真没有想到，从小就向往《一千零一夜》里妙不可言的小故事，梦想自己就是那故事里的主人公，经历着一次次精彩纷呈的旅途。而环球航行塞得港一站，就仿佛是命运的安排，要完成我这个小小的夙愿，要让我看到：梦想，并非只在《一千零一夜》的故事里才能现实，它终究会在现实里被拥有。只要有梦的人，生命不止，梦想不息。

行走在消逝中的金字塔

潘国锋

8月17日早上6点，从塞得港出发，前往南部的开罗吉萨，一路上的高速公路关口都是荷枪实弹的士兵，偶尔还能看到几座被烧得漆黑的建筑，道路两旁被风吹得满地都是垃圾。

开罗城里，一片灰蒙蒙的，看到这些，我的心情一下子变得跟这天气一样。除了灰色，这座城市好像没有其他的颜色了。国家博物馆旁边的政府大楼，也被烧得焦黑，前面就是解放广场。

埃及开罗被抗议民众烧毁的政府大楼

以前对金字塔的幻想是这样的：漫漫戈壁当中，金黄色的夕阳逐渐下沉，驼队踩着金字塔前的黄沙踽踽前行……

本以为金字塔会这样出现，至少在它们出现的那一刻能让我震惊，但是，它今天出现在我的视线里时却是另一番模样：

当巴士车在闹市中转过一个弯儿，我看到窗外有个高高的类似于金字塔的建筑，然后被告知这就是著名的胡夫金字塔，我基本上没有缓过神儿来。不会吧，这就是金字塔？！黄沙呢？骆驼呢？真正围在金字塔周围的是杂乱的住宅区，开罗的钢筋水泥正在向西部的吉萨省蔓延，而金字塔就像是笼中困兽，声嘶力竭地想回到过去，恢复以前的壮观。

大型金字塔一共有三座——胡夫金字塔、哈夫拉金字塔、孟卡拉金字塔，也就是爷爷一座、儿子一座、孙子一座，其中胡夫金字塔最大，底座每边长200余米，高达146.5米，我185厘米的身高站在金字塔的巨石旁边，一块石头就可以到腰部的高度，不知这么大的石头是怎么搬上去的。我正想往上爬高一点儿，刚一抬腿就被警察呵斥了下来。能到金字塔顶的不只有蜗牛和老鹰，其实人也可以，当然，前提是没有警察。

第二座金字塔，也是最漂亮的、戴着白帽子的那座，经常在照片上和狮身人面像一起出现。狮身人面像也小得可怜，五六层楼那么高吧，只是在拍摄宣传广告的时候换了个角度，使它看起来和金字塔一样伟岸而已。

景区内的一切真的是糟透了，当地的小商小贩们拖住你买纪念品，看到我们是东方人的模样，几个卖东西的小孩子围着我们说“one dollar（一美元）”，然后用汉语、日语从一数到十，还有说“你好”的，“Konichiwa（日语，你好）”的，“安宁哈撒呦（韩语，你好）”的，以确定你到底是来自中国还是日本，或者是其他地方。他们会拉住你的衣服，往你口袋里强塞东西，让你可气又无奈；牵着骆驼的人，让你免费骑上骆驼，但不给他想要的价钱就不让你下来。更要命的是，金字塔附近的警察一点儿也不关心你在这里是否受到攻击，他们自己也公然向游人索要小费。“三只手”就更普遍了，好多人随身携带的相机与钱包都永远留在那里了。

保卫埃及金字塔

攀登金字塔的游客

约旦的古迹让我诗意，埃及的古迹让我失意，难道，伟大只是属于古埃及吗？

10万人用了30年的时间才建起这一奇迹，历经千百年仍然屹立不倒，金字塔是神奇与伟大的，这一点毋庸置疑，希望这样的人类奇迹能保存得更加久远一点儿，永远不要消逝。从那之后，我反倒希望我永远没到过金字塔，因为那样，我还能从心里对它保持最原始的敬畏。其实许多地方也一样，尤其是你向往已久的地方，最好，永远都不要去。

旅行的意义，还在于当你真正置身过某一处地方之后，哪怕只是短暂的停留，日后这里发生的一切，你不会认为它和你没有一点儿关系，你会自然而然地对它有所关注。

第五章
行走南欧

【在伊斯坦布尔睡午觉】

【蓝色伊斯坦布尔】

【城市的夜晚】

【苏格拉底的故乡】

【卫城的大理石、鸽子和狗】

【登上西西里岛】

【直线属于人类，曲线属于上帝】

在伊斯坦布尔睡午觉

郭小兰

8月下旬的一个早上，我们到了伊斯坦布尔。前一天晚上特地拷贝了《蓝色土耳其》这首曲子放在MP4里。我拿着相机就往顶层跑，环视一圈，发现这个时间竟然难得没有人在顶层甲板，于是我很无拘束地大喊："伊斯坦布尔，我来了！"随便用相机照两张相，一转身却看到Devon拿着相机就在几步开外的地方，是刚上来的？还是刚才被挡住了没看到？不管了，反正他听不懂，我自我安慰着。走过去打了个招呼，他正在很认真地定位港口那头的一座清真寺。伊斯坦布尔真的很不一样，在港口就能感受到这种不同。绕着船走一圈，无论在哪个角度都可以看到清真寺的圆柱。这个城市清真寺的数量必定是惊人的，随意在街上走走，间隔十来分钟就可以看到一座新的清真寺。这是个名副其实的伊斯兰国度。

潘国锋曾经在随笔里写过"伊斯坦布尔似乎是一个要把世间所有蓝色都用光的地方"，我深以为然。在伊斯坦布尔的两天，天空的蓝让人想伸手去触摸，博斯普鲁斯海峡湛蓝的海水衬得盛夏的阳光更加明媚并且又多了几许清爽。

在蓝色清真寺外看到一个将彩虹的颜色穿在身上的富态老人，他坐在清真寺前的公园椅上，胖胖的身子一下子把椅子占了一大半。他戴着白色的圆边帽，留白色的络腮胡，嫩绿色的长袖上衣外套着青色的短袖，橘色棉质围巾在脖子两侧垂着，纯蓝色的长裤下露出的是深紫色的袜子和黄色的鞋子，圆滚滚的腰上还缠着大红色的腰带。他相当怡然自得地坐着，眼睛追随着游人到处转。我在一排半身高的树篱后偷看他，假装拍清真寺然后偷偷把他拍了下来，打扮得这么有个性的老人不常见，收藏啊收藏。

穿着民族服饰的土耳其老人

在伊斯坦布尔有很难得的两天时间，坐船游了马尔马拉海之后我们第一次有了一个下午的自由活动时间。他们商议着去看圣索非亚教堂，我和晴儿申请离队自己安排时间。实在是有点儿累了，再看下去估计也记不住什么，看多了清真寺、教堂、皇宫，老实说我真是眼花缭乱了，真有些审美疲劳。沿着街道慢悠悠地走，舒展身心，散步到一个海边公园。看着这些吹着海风、惬意的人，我们当下决定就在这里消磨时光。算了算口袋里的土耳其里拉，觉得不够在沙滩上点些饮料，于是我们便随遇而安地折回大树下。在大树下午睡的人三三两两随意散落，还有聊天的、用午餐的，鸽子在周围飞来飞去，猫和狗都懒洋洋地躺在林荫处休息。晴儿拿了纸笔坐在椅子上写写画画，我掏出背包里的地图往树下一铺，怀抱书包背靠大树，准备在异国他乡——伊斯坦布尔的小公园里梦一场。

闭上眼睛准备入睡，不曾想原来有的一丝丝困意全都消失不见。眼睛闭上后，周围的一切反而可以更清晰地感受到。街上车子驶过的声音，风吹动树叶的声音，海浪的声音，附近的交谈声甚至身旁的大狗吐舌头的声音都能听见。我能感觉到树影在脸上移动，叶子落到身上，糟糕的是有虫子在咬我，我心想，原来看着大家这么舒适惬意没想到其实还有虫子在骚扰。我双眼紧闭，一次又一次把手臂上的虫子拍掉，坚决不起来，本来只是想睡一觉休息一下，不承想在虫子的骚扰下睡觉都快成为此刻干劲儿十足的目标了。我不断自我催眠，忽视身上的各种感觉，弱化感官对外界的反馈，最后真的慢慢睡着了。我做了一个短暂的梦，醒来后很努力地回想，却怎么也记不起来了。

午睡起来一阵恍惚，右手边睡着一只花猫，看它一脸满足样儿，睡得一点儿也不比我差。左手边有几只鸽子让我吓了一跳，细看才发现我倚靠着的这棵大树下有供鸽子喝水的开盖的塑料盒子，我心想幸好啊幸好，这些鸽子没有在我睡觉时在我头上留下什么记号。我很满意地伸伸懒腰，和晴儿一起离开了。

蓝色伊斯坦布尔

潘国锋

在地中海与黑海之间，欧亚大陆连接处，有着一座千百年来受尽人们垂青的城市，它以得天独厚的地理位置、浓郁深厚的历史底蕴、灿烂悠久的宗教文化吸引着世人无数的目光。虽历经时代更迭，也曾经受到了战火的屡次洗礼，但是，这座城市从来都不缺乏一种兼收并蓄的胸怀，因此，当历史的烽烟逐渐散去，悠久的东方文化与灿烂的西方文明在这里对话，不同的艺术与思想在这里碰撞，它便拥有了世间绝无仅有的气质与风范。

土耳其伊斯坦布尔古老的地下水库

可能是在埃及受到刺激了，感觉伊斯坦布尔真像天堂。

伊斯坦布尔，就是这样一座古典与现代完美结合的历史文化名城，2600多年的建城史与1700年的帝国都城史使它曾经风光无限，也给如今的伊斯坦布尔积淀下了丰厚的历史文化底蕴。整座城市到处都是世界文化遗产，至今漫步在伊城的街头，随处都可以看到三大帝国的古老遗迹，能感受到它那份王者般的自信满满与姿态万千。同时，它是世界上唯一一个地跨欧亚两大洲的城市，也是连绵数千里的古老丝绸之路的终点，纵贯城中的博斯普鲁斯海峡是黑海的唯一出口，它南北连接地中海与黑海，海峡大桥则东西横跨欧亚大陆，拥有无可比拟的地理位置。天生灵秀之气，绝非浪得虚名！

最早知道伊斯坦布尔这座城市，是在语文课本里的一篇关于“奥运会举办城市竞选”的课文中，也正是在那次竞选中，北京最终胜过伊斯坦布尔等城市，赢得2008年奥运会主办权。在如今这个盛夏，自己终于有幸来到伊斯坦布尔，来到这里亲睹它的美丽，体会它的迷人气质。

轮船在深夜靠港，等我清晨来到甲板上时，伊斯坦布尔已经沐浴在了柔和的晨光当中。海峡对面的山头上，许多电视塔毫无规则地屹立着，划破东方天际的红色朝霞。虽已至盛夏，但是在这里感受到的仍然是极为惬意的凉爽。伊斯坦布尔似乎是一个要把世间所有蓝色都用光的地方，在伊斯坦布尔的这两天，头顶上都是那种看起来极为舒畅的蓝天白云，而且身处城内，转过街角不经意间便可以看到蔚蓝的博斯普鲁斯海峡。车沿着金角湾的滨海公路向前行驶，右侧古老的拜占庭城墙绵延数公里，城墙所包围的整片老城区都被划为世界文化遗产，这是一笔拜占庭时期留下的丰厚财富。但是在历史烟云面前，这座曾经号称基督世界最宏伟的防御工事，也没能逃脱风霜岁月的魔掌，毕竟在这片古老的城墙上，我分明看到早已爬满了厚重的历史沧桑。

从宽阔的滨海公路转弯，车就行驶到了绿荫丛中的碎石小路上。后来发现，在这座如今稳步迈向国际化的大都市里，相比宽敞笔直的柏油公路，更多的是蜿蜒曲折的古老街巷，这些几乎只能容纳两辆汽车并排通行的小道，都用马赛克式的碎石块拼成，每当汽车驶过，都可以听到轮胎与石块之间轻微碾压的声音，不急不躁。走在这样的街道上，我甚是感激，感激伊斯坦布尔的建设者们，他们在引领伊城走向现代化的路上，并没有让它退去这种古老的经脉，而是保留了这样一份美丽，与如今林立的高楼大厦相得益彰，世界也将感激他们，因为他们让伊斯坦布尔的迷人魅力永远保存。

博斯普鲁斯海峡是伊斯坦布尔美与力量的源泉，在伊斯坦布尔的第二天，乘坐渡轮在海峡中航行，这样，伊斯坦布尔的风光便可一收眼底。视野中尽是白云蓝天、红瓦绿树，身后则是船体扬起的翻滚着的海流。岸边码头停靠着许多白色邮轮，山上是郁郁葱葱的绿树，树林里则是精致的别墅楼房，一面迎风飘扬的土耳其国旗下，一排显眼整齐的金黄色房屋傍海而建，颇具宫殿般的气势。

小船继续行进，那座著名的博斯普鲁斯公路大桥迎面而来，这座长达1560米的吊桥，以凌空之势连接着伊斯坦布尔的东西城区，也连接着欧亚大陆，来往于黑海与地中海的任何船只都可以自由通过。等船慢慢开近了，仰视桥身的视角越来越大，等它完全处在头顶的那一段短暂时间里，顺势放眼望去，“一桥飞架东西，天堑变通途”，由此观之，甚是！

船在过桥后不远处便掉头往回行驶，视线也随之转变。白云游离在远处的蓝色清真寺上空，通过大桥的大型轮船鸣响了汽笛，低矮的山头背后是现代高楼大

土耳其蓝色清真寺

厦，与散落在城中的尖塔相映生辉。穿行在博斯普鲁斯海峡中，看着一片片楼房街区，就像转动着的万花筒，变化万千。

土耳其是一个几乎全民信奉伊斯兰教的国家，伊斯坦布尔这个名字正是“伊斯兰的城市”之意，但是在伊斯坦布尔，我看到的景象完全不同于先前见过的阿拉伯世界。在这里，姑娘们穿着前卫的服装招摇过市，或提着时装店的购物袋，或捧着买来的面包薯条。政府甚至明文规定：女性在工作时间不得戴面纱头巾。这里不像沙特或伊朗，女性只能在头巾下露出眼睛。

即将离开的那个黄昏，我坐上城市轻轨，穿行在城市中不宽的街道里，我选择以这样的方式去感受伊斯坦布尔：夕阳西下，山顶圆顶教堂和尖塔映衬着这座城市橙红色的天际线，川流不息的车流沿着碎石街道缓慢前进；街头商铺里琳琅满目的货架旁，大字套红的价目表显示出这里的物价并不低廉，几位背着旅行包的游客正在和老板艰难地商量着价钱；一个小男孩儿冲着车内的我的镜头做了个鬼脸，旁边的老妇人端着水杯坐在长椅上，面无表情地看着来往的熙攘人群；放学回家背着书包的孩子，低着头踢着地上的小石子，沿着台阶向街角走去；车开过金角湾，在繁忙的轮渡与货运码头上，进出船只的汽笛声汇成一片；下车后来到海岸边，一个少年旁若无人地整理着他的钓竿；卖甜甜圈的老汉背着特制的木架向我们招呼着他的商品；旁边草地上则是等到日落后在此开斋的市民……这样的城市黄昏节奏如此闲适，如此动人。

大洋中，寒流与暖流交汇的海域，大都会形成产量丰富的渔场；天空中，暖锋与冷锋相遇的云层，必定会凝结出甘甜滋润的雨露。人类文明的发展也大抵如此，有了多元文化的碰撞才会更加多姿多彩：当世界各地文化在长安共同起舞，长袖一挥便舞出个盛世大唐；没有沉重历史包袱的美洲大地，各种截然不同的文化在这里巧妙地融合，让这片土地如今满富生机。毕竟人类文明的彩虹不因一种颜色而绚丽，而伊斯坦布尔正是如此，作为雄跨亚非欧庞大帝国的都城近千年，它始终以海纳百川之势接纳其他种族与宗教，东西文化在这里相促相生，源远流长。

城市的夜晚

曹诗嘉

比起白天，我更珍惜一个城市的夜晚。

日光之下，一切都表露得太清楚，无须做任何的想象和猜测，事实就摆在你的眼前。于我，总觉得这样便失去了想象的乐趣。喧闹的人群、滚滚的热浪、刺眼的阳光，还有与时间赛跑的那一份焦灼的心情，都让我怀疑自己是否怀抱着一颗真心去了解这一座座陌生的城市。朋友对我说，当她踏在梵蒂冈古老的石板路上，她会觉得自己在与这座城市谈一场空前绝后的恋爱。如果我拥有和她一样的心情，那它一定发生在这座城市夜幕降临之后。

东京的夜晚

在东京都厅舍45层展望室，眺望整座城市，因为核泄漏事件，东京城关闭了大型灯光设备，于是眼前没有了想象中的五彩霓虹，倒是星星点点橘黄色的灯光密密麻麻铺成一片，让我仿佛无须仰望便能看到星空。

爱上这一种宁静，好像城市卸下了坚硬的外壳，向你展露她柔软的内心。回到宾馆后，我、小兰、晴儿三个人便偷溜了出去。第二天就要直奔横滨码头，登上“和平”号邮轮，这是我们此行唯一的一个属于东京的夜晚。

街边的小店大都关门了，有一家拉面馆仍然在营业，门上挂着帘子，从窗户外面看到一排穿着白衬衫的人低着头在那里吃夜宵，饭馆的天花板很低，墙壁上贴满了啤酒的海报，整个空间显得狭窄而拥挤。再向前走，发现身边这一堵墙很特殊，借着路灯发出的微弱光亮一瞧，这墙上挂着一串串白灯笼，后退两步向上望，原来是一间神社。我们仨拾神社前那青灰色的石阶而上，发现左手边有一处貌似用来净手的水池，也是砖砌的，池子边上还靠着一柄长长的木勺，池子里的水仍然流着，在白白的月光下发出清冽的光。我用勺子取了一些水倒在手上，一种冰凉感从指间开始蔓延。这时已是盛夏，但在这小庙里，我却越发觉得冷，心里有些发怵，望着更深处的那间屋子，不敢继续走，只透过那屋子的窗户清楚地看到里面供着神像。屋子里好像点的是蜡烛，发出幽幽的光，再多待一会儿，我就真害怕了，于是三个人快快地下了台阶，出了那门，就像重返人间一样。然而身上好像还渗着那水传给我的寒气，忍不住打了个哆嗦。

东京夜晚神社外

这种感觉有点儿怪，我隐隐觉得，这种有点儿隐晦、有点儿暧昧的味道是独属于日本的。

公交车从身边经过，车窗里的人每人手持一本白皮小书，不知是睡着了，还是书中的故事实在吸引人，个个脸庞深深埋进书里，让旁人看不清他们的模样。

便利店里几乎空无一人，店员却丝毫不怠慢，站得笔直。我们出门前，听见了他们彼此的交谈声，竟也是中国人，我们回头对他们一笑，得到的表情却是一脸冷漠，难道他们已经感染了这东京夜晚的冰冷之气？

安曼的夜晚

老师说，晚上不许出去，尤其是女孩子，在这中东地区很危险。

可是我们三个人还是跑出去了。

晚上8点，吃过晚饭，奔波了一天的众人都回到各自房间歇息，我们却不甘浪费这大好时光。夜晚就像一块磁石，对我有一种强烈的吸引力。从窗户望出去，整个城市黑魆魆的，有了同伴，我就想出去探一探。

酒店服务员英语很棒，他告诉我们这里附近有一条街，是安曼的酒吧街。我们三个人兴奋地跑出去，虽然按照那服务员的指示，酒吧街不远，可是安曼的街道很复杂，而且马路上还不设人行横道，我们仨虽然心向酒吧街，但在这人生地不熟的地方，也只能走一步算一步了。

安曼夜晚出逃的我和高晴

牵着手，飞跑过街道，我、晴儿、小兰说说笑笑。路边种花的土地已经龟裂了，但仍然有植物坚强地生长，在这个水比油还要贵的地方，做一株植物真不容易。

街上一个人都没有，甚至连路灯都懒得亮，我们借着身边经过的汽车车灯发出的光亮看清前方的路。我祈祷着街道上最好一个人都没有，如果有人的话，反而更恐怖。心里很忐忑，当时在想应该听老师的话乖乖地在屋子里待着，我们三个女孩子这样子实在太危险。这时有三个男人从身边的楼梯上走下来，吓得我只想逃跑，抓着小兰和高晴快速地向前走，不敢回头，好像真的被那三个人跟踪了似的。

转过一个街角，发现前方竟然有光，惊喜得大步向前，一条热闹的街道赫然出现在我们眼前。刚才的那条街空无一人，这一条街竟然像要被塞满一般，街道一边有很多露天饭店，每张餐桌旁都放着一盏水烟，水烟的气味没有香烟刺鼻，在我闻起来竟是一股清甜。阿拉伯的音乐在空气中飘荡着，哼唱的声音像是一种咒语，我相信我们三个人都沉醉了，为这眼前之景而痴迷。突然，竟然有人大声喊着我们的名字，我们循声望去，竟是白天的导游沙大哥和同行的毛毛姐。沙大哥不是对我们强调过，晚上不要出去吗，怎么他自己跑到这边来吸水烟？！

我们三个人身上一个第纳尔（约旦货币）都没有，方才望着桌子上的一壶壶晶莹剔透好似红石榴汁的饮料向往不已，如今我们竟然在这里遇到了熟人，真是太幸运了。

于是我们将矜持都抛在脑后，欢欢喜喜地在他们身边坐了下来。沙大哥手里握着水烟细细的管子，对我们说，这水烟是烟草与水果或是蜂蜜制成的，原来刚才空气中那甜丝丝的味道就是源自这水烟。毛毛姐请我们喝刚才我一直记挂着的饮料——薄荷红茶，这阿拉伯的红茶可以依据自己的口味配着白糖来喝，喝一口，味蕾上都是薄荷的清凉，白天身体内储存的燥热在红茶滑下喉咙的瞬间被一扫而空。

在为水烟加炭的服务生

一个阿拉伯男孩儿握着一束巨大无比的气球在人群中穿梭，不断向抱着孩子的妇女推销他的产品，到了我们身边，他也停了下来，希望我们能够买一个。我看着那红色的大气球，觉得好眼熟，仔细一看，那气球上印着两条黄色的龙，图案上方清清楚楚写着“富贵有余”四个字。在约旦遇到阿拉伯人向我推销中国产品，真是太有趣了。沙大哥拒绝了那个男孩儿，男孩儿耸耸肩膀，有点儿失望地走了。

酒吧街卖气球的男孩儿

挨着我们的那一桌坐着几个阿拉伯妇女，沙大哥说，或许她们是同一个男人的老婆，在约旦，老婆们之间的关系情同姐妹。我偷偷看着身边那几个聊得热火朝天的女人，虽然沙大哥在约旦生活数年，但对他的话我还是有点儿怀疑，我怀疑如果她们是同一个男人的妻子，那笑容的纯度真的是百分之百？

一会儿，两对夫妻在我们对面的桌旁坐下，其中一个妻子还抱着孩子，她看到我们，深陷的双眼中露出好奇的神色，发现我们也看到了她，便有点儿害羞地露出善意的微笑。那个长得如洋娃娃一般的小孩儿手里拿着一根状如金箍棒，不断发着光的玩具，开心地舞来舞去。他的父亲坐在一边，不动声色，看起来有点威严。晴儿和小兰见那孩子长得实在可爱，忍不住走到他们身边，逗起小孩子。我有点儿担心，怕我们的举动会冒犯到他们。然而阿拉伯女人没有在意，她微笑着注视着晴儿与小兰轮番抱起那孩子，眉眼中都是笑意，散发着一种如同耳边音乐般有些奇幻的美。

晚上10点，沙大哥和毛毛姐仍然在聊天，我们仨见时间有些晚，道谢后便起身告辞。也许是聊得太开心，忘记了转换语言环境，就要离开酒吧街时，我一时恍惚，听到身后仿佛有人说晚安。我猛地转过身去，没看清何人，便边鞠躬（在船上养成的习惯）边兴奋地大声回道："晚安！"结果，抬起头定睛一看，一位举着电话的阿拉伯男人大张着眼睛望着我发呆。我、晴儿、小兰哈哈大笑着匆忙逃走了，留下那个一头雾水的可怜男人愣愣地站在原地。

或许这个夜晚，就是我对约旦始终念念不忘的原因。

伊斯坦布尔的夜晚

在夜晚游荡，时间好像没有尽头，明天的太阳好像永远不会升起，我可以无止境自由地晃荡下去，这绝对是最值的投资。

于是，在傍晚回船后，一伙人吃完晚饭，便坐上了伊斯坦布尔的城市列车。这一次，没有导游的指引，我们要寻找传说中音乐节的所在地，而我想看到的，是白天行车路过瞥到的那些土耳其吊灯亮起来的样子。

车子到站，车门一开，一股热浪迎面扑来，眼前这条窄窄的小街上人头攒动，空气中弥漫着烤玉米和土耳其烤肉的香味儿。卖工艺品的小商店、糖果店、蛋糕店鳞次栉比，单看橱窗已经让我流连忘返。那些堆得高高的五颜六色的土耳其软糖，完全可以满足孩子们最疯狂的梦想。还有我追寻的吊灯，融汇了日间所有色彩的吊灯，此刻在黑夜中一盏一盏发着光，迷离了我的视线，不知道是否有艺术家从这流光溢彩中获得过创作的灵感，那蓝色让我想起了凡·高的《星夜》，颜色仿佛可以流动，旋转……

心满意足地收下彩色琉璃赠予我的美丽，同时感受着美食带给我的快乐，两个食量最大的人——我和静一姐，手里握着一根玉米，眼睛盯着那一堆堆糖果，脑子里还想着刚才有着QQ糖一般口感的冰激凌。我们的胃口让团队的两个男生都自叹不如。

静一姐说，据说所有感官的记忆里，味觉保留的时间最久。

我一听，心想，太有道理了！我要把伊斯坦布尔活色生香地装进我的心里，永远都带着它。

土耳其伊斯坦布尔夜市橱窗

人群随着夜色的加深没有丝毫散去的意思，反而越发热闹起来。一会儿，街角的空地上响起了音乐声，人群将表演者紧紧围住，不给我留一点儿缝隙，任我伸长脖子也看不到那歌者或是舞者的一丝面容。最终还是放弃了，转而兴致勃勃地观看身边那位老爷爷，他正在制作彩虹棒棒糖。

抬头，望见黄色的小灯拼成一个个字母，挂在一座建筑物的两个尖顶间，再仔细一看，不，不是尖顶，而是清真寺的宣礼塔，这是蓝色清真寺！那个阳光下有鲜花喷泉白鸽飞翔，有虔诚的穆斯林进进出出的蓝色清真寺。想起白天那一幕，在蓝色清真寺门前，一群伊斯兰妇女向我迎面走来，在我与一位女士四目相对的刹那，她停下缓慢的脚步，用温润的手掌托起我的脸庞，眼睛温柔地望向我，嘴里念念有词，她身边的那一群女人边点头边冲我笑着。这突然的举动，竟没有让我感到一丝惊讶，而是不自觉地双手合十，向眼前这位女士鞠躬。我听不懂她的话，但直觉告诉我，这是一份祝福。

如今入夜，想起那棕色的瞳仁，望着眼前黑魆魆的清真寺，不真实感愈发强烈，这是不是一种魔法？琉璃吊灯不是平白无故旋转的，那些流动的色彩实际上将我投入了一场梦境，热闹的街道，拥挤的人潮，五彩的小店，在太阳升起的时候，将迅速褪色枯萎，我们则又回到忙碌拥挤的现实社会。

我只知，再没有遇到过一个夜晚，如伊斯坦布尔带给我的这般绚烂。

土耳其伊斯坦布尔制作彩虹棒棒糖的老爷爷

土耳其蓝色清真寺外偶遇一群穆斯林妇女

苏格拉底的故乡

潘国锋

哲学的天空如果缺少了希腊，那一定会暗淡许多。行走在雅典古城里，仿佛能听到两三千年前的古代先哲们在这里留下的智慧之音，苏格拉底、柏拉图、亚里士多德、德谟克利特、泰勒斯，哪一位不是名留青史？！在此要控诉一下小学用过的语文课本，其中一篇讲伽利略从比萨斜塔上扔铁球的课文，让我一直以为亚里士多德不是什么好东西！

曾经看到过这样一句话：任何一个有修养的西方人，一提起希腊都会从心里涌出景仰之感。毕竟希腊是西方文明之源，就英语而言，大部分词根都来自于希腊神话，欧美国家的建筑也大都以希腊风格为主：两头小中间粗的石柱，三角雕刻式的檐口，精美的石刻看得我流连忘返。脑海中自然而然地想起希腊神话中的人物，乌拉诺斯、宙斯、阿喀琉斯、珀尔修斯……都是斯字辈儿的。

位于阿克罗波利斯山上的雅典卫城，如今仅仅是断壁残垣，砖头瓦砾。赫赫

希腊奥林匹克竞技场

有名的帕提侬神庙周身全是钢筋脚架，这是政府在又一次例行维修。这里的所有东西都是文物，甚至是一枚石子，曾经有一位澳大利亚留学生在神庙旁捡了几枚石子想带回去做纪念，结果被雅典警察“逮捕”，被处以20天的拘留以及高达2000欧元的罚款！

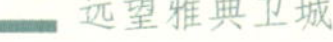

远望雅典卫城

正在维修中的帕提侬神庙

希腊人很懒，都说希腊人的懒散是地中海孕育出来的，是橄榄树惯出来的。地中海温润的气候，终年不断的海风里弥漫的是一种无法形容的悠闲，而生命力顽强的橄榄树，种植下去无须太多的养护，便可以结出丰硕的果子。希腊人就在这样的生活中，不慌不忙地料理着一切，这也就给了他们更多的时间去垂头思考，去激烈辩论，去隆重集会。

不仅希腊的人懒，连狗都懒得出奇，在通往阿克罗波利斯山的小路上时，随处可见狗狗极为惬意地躺在路中间，街边饮水的地方也睡着小狗，一点儿也没把熙攘的人群放在眼里。

地中海式气候，夏季高温少雨，在雅典的时候，刚好碰上它的气温曲线的峰值，天空中干净得没有一片云彩。有一件事让我体会到了希腊人的随性和善良，一位独臂中年妇女在我们遇到红灯停下来的时候，站在我们的车前，一个白色的

雅典大学的墙壁上涂写着示威口号

纸质水杯放在她那缺失的胳膊上。这时候司机打开车窗，和她说了几句，然后拿出自己的水壶，揭开看了看，没有水了，然后打了个招呼，女人便退后了。开车的司机要是有水的话肯定就给她了。

雅典国会大厦前有一个小广场，广场上有许多鸽子，胖胖的老妇人手里拿着很多鸟食，一欧元一包，供游客喂食鸽子使用。广场的后方站着两个身着希腊传统军服的士兵，共同守卫着一方无名烈士墓，后方则是希腊国会大厦。值得一说的是士兵的传统服装：头戴红色贝雷帽，帽子的右缘一束黑绒线下垂过肩；上着与希腊那些古建筑颜色相仿的长长的外衣；长筒袜上至膝盖，大腿部分仍然是紧身的长裤；鞋子的尖端各有一个绒线团；钢枪垂直触地而立。很遗憾，我们错过了士兵换岗的时间，换岗仪式其实是最不应该错过的。

卫城的大理石、鸽子和狗

郭小兰

帕提依神庙已经有2500年历史了，卫城上的神庙大概是希腊被保护得最严密的遗址了，连地上的碎小大理石都不能带走，被发现了要缴纳高额的罚款，严重的话可能会因为非法占有文物罪被判几年监禁。我们很难想象会这么严重，后来从卫城山门下来，晴儿弯腰捡了一片橄榄树的叶子，就有人过来查看，确认只是捡了树叶之后才离开，我们深呼出一口气，看来是真的。用大理石雕成的石柱到处都可以看到“Don’t Touch（严禁触摸）！”的标语。每座神庙几乎都在维修，不能靠近，更不能进入，只能在外围看看，不过即使这样也满足了。想象着2000多年前的希腊，西方文明的发祥地就在脚下，也许苏格拉底、柏拉图和亚里士多德也在附近走过，即使是夏日也觉得心中清爽无比。

欧洲各国的鸽子都很多，尤其在广场，这是后来走过了几个国家后发现的。卫城并不高，不过雅典市内没有很高的楼，所以基本在每个地方都能看到卫城。爬上卫城只有一小段路，小山被橄榄树覆盖，鸽子在林间四处低飞，有的就停在道路上，一摇一晃地走来走去，有相机对着它们也很少飞走，依然大摇大摆地散步，像在领地上巡视的主人。

比起鸽子，卫城里的狗更是有过之而无不及，它们就那样懒洋洋地躺在地上，旁边围了一群游客叽叽喳喳地在跟导游交流它们也无动于衷，旁若无人地躺着，眯着双眼享受阳光和清风。我盯着其中一只看了十多分钟，它仅仅是换了个更舒服的姿势，侧过头去坦然地无视我。这些嚣张的狗狗啊，身上没有任何家养宠物的标志，也不像我见过的野狗，它们看起来就像是卫城另一群不管事的主人，对游人说着“请自便，随意参观”。不知道这样生活着的它们是否感受到了整个希腊的财政危机，那些激烈的游行抗议，在墙上留下涂鸦的人们是否也是这样的性子，优雅又懒散，有着自己的节奏，不容冒犯呢？

旁若无人晒太阳的狗

登上西西里岛

潘国锋

这次来到意大利，没能去罗马，没能去佛罗伦萨，没能去威尼斯，甚至连意大利本土都没有踏上，只来到这个“盛产”黑手党的地方，倒也是个遗憾。不过，西西里岛也是有美丽传说的。

8月25日清晨，“和平”号延迟半个多小时进港。卡塔尼亚的天气并不算很好，虽然是晴天，但是天空中总是有一层雾气。在船后方的甲板上，隐隐约约的，一座高大的锥形山体高耸入云，由于天气的原因，只能看到山的整体曲线以及从火山口冒出的热气，就像一个大烟囱。那就是欧洲最大的火山，也是世界上有记载的喷发次数最多的火山——埃特纳火山。海拔3000多米，到卡塔尼亚港口目测距离大约30公里（神了，回来后借助谷歌地图搜查，还真是30公里，目测功夫相当了得）。

我和旁边的日本人开玩笑说：富士山。大家都笑了。其实这座火山比日本的

卡塔尼亚广场雕塑

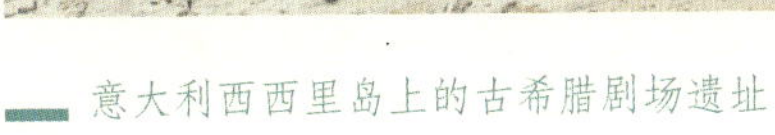

意大利西西里岛上的古希腊剧场遗址

意大利卡塔尼亚市和埃特纳活火山

富士山矮453米，而且意大利人也不像日本人那样把这样的山当成国家的象征。火山永远是那样的造型，从火山口到山麓是最柔和最天然的曲线，可以想象从地下喷出的岩浆顺势奔腾而下，逐渐将山体堆高，将山麓逐渐延长，同时扬起遮天蔽日的火山灰，然后将卡塔尼亚这座城市屡次埋葬。

但是，卡塔尼亚毕竟不是庞贝，埃特纳火山的屡次喷发并不能摧毁这座城市，卡塔尼亚人反倒是乐意和这座活跃的火山相处：火山喷出了肥沃的土壤，孕育出西西里岛繁荣的农业；岩浆岩是质量优良的建筑材料；风光秀丽的火山还是当地旅游的金字招牌。况且，火山喷发并不能带来灭顶之灾，这样，即使它偶尔可能会“愤怒”，但是更多的情况下，它带给卡塔尼亚的，仍然是福祉。

很喜欢卡塔尼亚的老城街道，就像意大利人自己说的那样，“每一条街道上的教堂钟声都值得珍爱”，窄窄的马路上，车辆在这里缓缓地开着，不急不躁。偶尔在几个街角，还能遇到生性懒散的意大利人聚集在路边咖啡厅里谈天说地，十分热情地冲着我这个和他们不一样的东方人打招呼。卡塔尼亚的房子大都是淡黄色的外墙，有些经不起风吹雨打，淡黄色早就褪去，墙壁变得乌黑，变得苍老。最喜欢的是那些雕花镂刻的阳台，几乎每家每户的阳台上都种着鲜花，把整条街道装饰得异常漂亮。向上斜着望过去，青藤装饰了窗台的同时，也装饰了房子之间的蓝天。

在卡塔尼亚最大的一个天主教教堂里，几个当地人虔诚地在上帝面前祈祷，也有可能在忏悔。一对老夫妇献完花之后在胸前画好十字，然后亲吻教堂的铁门。突然觉得宗教总有一种强大的力量约束着教众的言行，我不是信徒，旁边的日本人也不是，因此，我在这里一点儿也不畏惧上帝的力量，也没有办法去装作畏惧的样子，信仰这东西是永远也装不出来的，它像一棵树，只有在我们幼年时就开始在心里扎根，然后才能茂盛，才能根深蒂固地影响着我们的一言一行。

在船上曾经有人问我信仰什么？我答不上来，我说我没有宗教信仰。缺乏宗教信仰在他们眼里看来很不可思议。有人说，中国社会是一个信仰缺失的社会，也有人说中国是一个有信仰但是信仰不坚定的社会。我们在做事之前不会有神的约束，也不懂得用忏悔为心灵洗涤。要是我从小就是某一宗教的信徒，现在的心灵会是另一种模式吗？

晚上离港的时候，躺在木板上，听着音乐等流星。此时北京时间快凌晨5点了吧，天已大亮，大家正沐浴着初秋的晨光，开始新一天的生活时，我却在地中海上缓缓地进入梦乡……

意大利卡塔尼亚天主教教堂

直线属于人类，曲线属于上帝

潘国锋

巴——塞——罗——那!

印象中的西班牙有斗牛、哥伦布、毕加索、世界杯冠军，总的来说，还是比较陌生的一个国度。小学课本里有一篇关于巴塞罗那奥运会的文章，具体内容早已忘得一干二净。在2004年雅典奥运会看奥运会节目时，当播放到这次奥运会的开幕式时，不知哪一位歌唱家高声唱出“巴——塞——罗——那”，记忆更深的当属那一划破夜空之箭，将奥林匹克圣火直接送上火炬台，然后一片欢呼!

先来一段官方一点儿的介绍还是有必要的：巴塞罗那，位于地中海岸东北部，风光旖旎秀丽，文化丰富多元，是1992年奥运会举办地。

到巴塞罗那，外来人以为学好西班牙语就可以了，其实不然，这里和西班牙其他地方说的是不尽相同的两套语言，如果仅仅是掌握了西班牙语，在这里生活工作仍然不是很方便。1975年加泰罗尼亚语被承认合法，当地政府部门更是硬性规定官员必须掌握加泰罗尼亚语。路牌是加泰罗尼亚语，新闻媒体也是，杂志书刊也是。加泰罗尼亚省是西班牙最富裕的省区，对西班牙有着强烈的不认同感和独立的自豪感。巴塞罗那人从来不认为马德里是自己的首都，两座城市的关系，就像巴萨和皇马的关系一样，水火不容。加泰罗尼亚人在历史上有过自己独特的文化、风俗、语言，但曾被西班牙政府肆意践踏，而现在，加泰罗尼亚区迫切希望恢复和保护自己的语言文化，因此当地人甚至抵制西班牙语。西班牙语在这里并不管用，英语就更加不行了，今天的司机师傅，我用英语对他连说了几句“谢谢”，他都没听懂，暴汗。

巴塞罗那的房子并不是很高，满大街都是10号球衣，远远就能看见高耸着的圣家族大教堂，这是一处唯一没有完工的世界文化遗产，始建于1882年，穿越三个世纪的风风雨雨，至今仍在添砖加瓦，预计要到2026年完工。

走近它，从底到顶，从东到西，四个高高的塔尖直指蓝天，墙体颜色逐渐由古老变为新鲜，三个世纪的时光在墙上凝结，就像一部生动的地质年代史。细细一看，就知道为什么建了100多年还没有建好了。极为生动细致的雕刻与装饰布满了整座教堂的墙面，而每一处石雕都是根据圣经的故事创作的。教堂的东面象征耶稣诞生，南面面向大海象征耶稣的荣耀，西面则表示耶稣的受难。从耶稣在马厩里诞生，到受洗，到挑选十二门徒，到进入耶路撒冷，到最后的晚餐，到被捕钉死，再到最后的复活升天，高迪用毕生的心血在圣家族大教堂上再现了耶稣从诞生到升天的全过程，也难怪圣家族大教堂被称为“石头上的圣经”。

教堂的内部，更是气势恢宏，中殿宽45米，长90余米，最大宽度达60米，52

巴塞罗那圣家族大教堂

根石柱昂然挺立，象征一年52个礼拜日。石柱顶部托起树枝一般的穹顶装饰，像是走进一片石头森林，这些柱子里有四根是用来托起最高的耶稣塔的，采用了硬度仅次于金刚石的石材。在教堂最显眼的位置，是被钉在十字架上的耶稣像，后面便是升天之路。不得不惊叹于高迪的天才创新，他从不循规蹈矩，将教堂的内部设计为普通教堂外面的式样，并且将森林搬进教堂之内，墙壁上诸多圆形窗让整个教堂充满光明。

奎尔公园是高迪的另一力作，当年最早赏识高迪的奎尔先生请高迪在一个庄

巴塞罗那圣家族大教堂内部精美的架构

园里为之设计一批房子用以出售，最终由于庄园处在偏僻之地而无人问津，仅仅售出的一套还是被奎尔的私人律师买下的。随着买主家庭的变迁，这片庄园被巴塞罗那市政府所有，现在被用作一个市民休闲的公园。行走在庄园中，每一处建筑都是由零碎的瓷片或土石堆砌而成，毫无规则的曲线肆意延伸；道路两旁的钢铁护栏被设计成螺旋状，因此在和周围的建筑相互映衬的同时，也有了柔和之气；房子的窗户不再是规规矩矩的方形或圆形，屋顶没有了常规的形状，高高的烟囱，碎碎地拼接，像是孩子们画笔下的天真幻想，就像置身于童话之中；站在奎尔公园的广场上，巴塞罗那市区的风光尽收眼底，远处的地中海泛着迷人的蓝色，海洋描绘出了这座城市清晰的身体曲线。

整个巴塞罗那的建筑都是奇迹，也都是历史，现代“一天一个样”的建筑节奏永远也不会造就出这样的经典，毕竟在快节奏中凝结的只是普通的汗水，而没

西班牙巴塞罗那奎尔公园

有建筑者们的情感与信仰。信仰带来虔诚，虔诚带给建筑本身的即是精致。

在国内出发之前，学建筑的同学一个劲儿地对我说，一定要给他多带些巴塞罗那建筑的照片回来，他说巴塞罗那是建筑师们心中的圣地。巴塞罗那的建筑永远绕不开高迪，他的“直线属于人类，曲线属于上帝”让传统的建筑充满了灵性，圣家族大教堂、奎尔公园、米拉之家，这些令人目瞪口呆的“反人类”反传

统的建筑，让人相信巴塞罗那真的可以诞生奇迹。也难怪高迪毕业时，校长对他说："我不知道我此时把证书颁给的是一个天才，还是个疯子？"

一路走来，巴塞罗那的港口最让我动心，像这座城市一样，极为大气与简约。没有被城市包围的港湾，可以看到最宽阔的海面，港口的公路一个转弯便笔

西班牙巴塞罗那奥运村的鱼雕塑

直地通往市内，设计得几乎没有一点儿冗余。公路上洁白的钢铁护栏就像眼前的海面一样，干净平整。

黄昏时候，一个人下了船，沿着公路去海岸线上听潮，穿着人字拖，懒散地走向海边，随便找了块石头坐了下来。夕阳斜照，把过往的人影拉得老长，天空很干净，地中海海面此时变成了深蓝色，眼前不时有邮轮靠港或离开，海面上空的飞机缓缓降落，平稳地向西边飞去，频率高达三分钟一架，巴塞罗那机场的繁忙可想而知。想把这一刻定格下来，以后在电视里或报纸上再看到巴塞罗那时，定会想起这个黄昏，我曾经在某块石头上坐着，在迷人的夕阳下久久地看过这片海……

第六章
漫行北欧

【听，星空下一朵静谧的云】

【I Am Sterdam】

【上帝宠爱的城市】

【没有蓝色的蓝厅VS沉船博物馆】

【初探卑尔根】

【在峡湾，误以为坠入仙境】

听，星空下一朵静谧的云

胡静一

荷兰阿姆斯特丹风光

阿姆斯特丹，在凡·高博物馆，色彩由最初的绚烂、浓烈和自信，一点点漫漶、稀释、抽离，最终变得怯懦、痛苦和虚弱，像是一些人的生命旅途。

迷蒙中，那一缕深邃耀眼却终究孤独苦涩的灵魂，也终于一点点地在我们的视线中轮廓清晰起来……然而，那因精疲力竭而苍白如纸的面孔，却仍旧在墙上，用最尖刻和理性的目光，不肯放弃地固执质问——究竟，我们不加节制地任其心高气傲沸腾奔涌的生命，是内心深谙的一线绚丽的偶然？还是诚实地承认，我们只不过像是上帝呼吸中顺势而出的一缕空气般的玩笑，生命是走向死亡虚无的必然？

一个内心既强大又无力的矛盾灵魂——文森特·凡·高，在他因苦涩沉思而放弃的温暖色彩里，时光捉弄又沉淀，使其成为世人心中永远无解的一道神秘的谜题，绚丽而又透着悲凉，唯有他所留下的温暖明媚的画作。他一生秉持犀利犹疑的双眼，能够在人们的血液里点燃火焰，又或是将生命中偶然邂逅的那一星半点的火苗，毫不吝惜地扑灭。

文森特·凡·高，他光线一样的生命脚步，无声无息地到来，真实慰藉了时间与空间的一个罅隙以后，却又选择了幽灵一般孤寂哀凉得让周遭世界都觉察不出一丝重量的淡然离场。他是匆匆离开的，带着无法抵御的混乱和背叛感，提前谢下了那面已经沾满无法负荷的厚重尘埃的生命帷幕。

生未逢时的天才，本来是不应与尘世最明媚、最斑斓的色彩相遇的。合情合理的逻辑下，他们应该独自怀抱纠结痛苦的灵魂，在黑暗里带着刺眼的镣铐悲舞终生才对。然而，也许是上天怜惜这些注定要钻向生命美丽却疼痛的“牛角”里，然后为此耗尽一生的特别的人，于是，在阿姆斯特丹，这座好似云朵一样暖意融融的恬淡小城，上帝令它赐予同样生不逢时的凡·高，生命最初，那一缕温暖的呼吸和一双能够贴近阳光的祥和的双眼。

即使在自己饱受命运捉弄，只一个人可以诉诸的，以反抗黑暗世界、反抗命运宣判的最决绝的方式所结束的苍凉而短暂的一生里，凡·高也无法不去歌颂朴实敦厚的大地所给予尘世的美好祝福：那一片片丰收后像火焰一样自信激扬地燃着金黄与翠绿的田野，那一朵朵醉人蓝天下欣欣然张开璀璨双眼的杏花，那村野尽头悠然梦幻中的神秘小酒馆，和那一朵朵被清风骄阳洗涤后，于明黄艳金里喷涌着生命绚烂的向日葵……

世人所眷恋的阿姆斯特丹，在凡·高用生命挥洒的浓郁色彩里，静默着，温存着，花朵一般默默幸福着。很久以后，当凡·高灵动而脆弱的生命都已灰飞烟灭，站在阿姆斯特丹温柔静谧的云朵下，我们却仍旧可以感受到一位伟大画家星辰一样熠熠闪光的双眼，以及这座小城朴实自然不为浮世所惑的内敛智慧。

今天的人，太熟悉大都市里匆匆的行走和眼神里的冰冷，太明了生活里角色纷繁的化装舞会。忽然间，在阿姆斯特丹软软的河流上，坐在缓慢前行的玻璃船里，欣赏着岸边倚在窗台上捧着书在阳光下阅读的恬静少女，欣赏着相互依偎在阳台藤椅上默默无言的老夫妇阳光一样幸福的表情……心，像是从身体闷热的空气中，忽然间滑落到了从指缝淡然而逝的清凉河水里，沐浴着自然最简单、最朴实的馈赠，心也跟着变得通透、明晰和朗润。

河岸边，是一排临河而立的瘦瘦的房屋，明黄、深棕、淡绿、浅紫、石灰、天蓝……在习惯了灰暗的摩天大楼的现代都市人的眼里，它们以一种温柔慰藉我们单调视觉的五彩斑斓的方式紧挨在一起。每个屋顶都有一个小小的铁钩子，那是昔日的人们为了把往来船只装载的货物更便利地从窗口直接“提”进房屋而安装的固定滑轮的小钩子。如今的阿姆斯特丹虽然早已不见了往日于绳索上，上上下下你来我往的热闹繁忙，但那些刻着岁月痕迹的一枚枚弯弯的小铁钩却终究得以完好地保留了下来，就像岁月总是在人的面容上留下痕迹那样，它们也成为那一段粼粼时光的见证者。

屋前河边，绿树成荫。天气晴朗的日子，一片片翠绿下流淌着午后阳光照耀下明亮而温暖的河流。人们肆意占有着这份沁人心脾的盎然绿意，于是，捧一本书快乐地阅读的人，又或是饮一杯咖啡懒懒地分享一整个明媚午后的情侣，纷纷聚集在了这里。

多想在阿姆斯特丹有一座属于自己的小小的房子，和所爱的人一起，日升而起日落而息。分分秒秒，看阳光细腻地变幻着河流的颜色，日复一日，感受时光诚恳地镌刻纯净的爱情。

河流多的地方，必然桥也多。然而在中国古典文学里，人们总是在潜意识中把“桥”默认为忧伤情愫的载体，是离愁别绪的象征。但是阿姆斯特丹明丽的风景中跃然于河上的座座石桥，是那样的娇小可人，数量也多得惊人。于是，人们自然而然地不愿再赋予这些小桥伤春悲秋的特性，而为它们抹上自在、悠然的亮丽。

有很多石桥被当作“街边咖啡吧”，向过往行人炫耀着咖啡黄油浓郁的醇香，制造着慵懒温暖的氛围；有的则成为无名艺术家维持生计的露天卖场，独具风格的画作、可爱的手工制品零零碎碎地铺陈一地，吸引着童心未泯的行人喜悦的视线。桥上行人、桥下船只，再也不会因为日复一日不变的风景而感到小小的

荷兰阿姆斯特丹运河旁的特色船屋

疲乏了。温柔而秀丽的小小水城阿姆斯特丹，就这样处处盎然着情趣……

包容着世人千姿百态迥异存在的自然载体，就这样，因它的善良与敦厚而得以与时间永存，然而人却并非永恒不变的风景。

潜意识中自命不凡而实质上平庸无奇的人们，在对自己生命徒劳而执着地“兴风作浪”中，一步一步，不知不觉地走向死亡，走向生命的最幽暗处。而另一部分人，一些背负着看不见出处的使命感的人，则看见这些死亡，看见这些幽暗。他们试图摆脱它，试图向它宣告，试图让欲火焚身的血液平静下来，让生命沉淀重新归于简单、真实和淡然，归于——真理。

然而，生命的疑惑与矛盾之处在于走向死亡和虚无——这一黑暗过程的完满结构和终结却总是伴随着生动丰富和极尽可能缤纷繁复的形式与表象，好似热血沸腾的生命，可以永远这般热闹如歌，永远灯红酒绿，而从来不是一次偶然和一种虚无。于是，那些替人类思考，从内心爱护尘世的人，被无情地嘲笑、斥责和抛弃。像是一个看见太阳的人，用心去宣扬阳光的美丽与金黄，却被身边的一群瞎子所鄙夷那样。

而更加可笑和讽刺的是，对于凡·高，他身边的瞎子们在冷漠残酷地把他从他们的生活中扔出去以后，却在许多年后忽然间齐刷刷地恢复了视力。而在讴歌太阳的光芒之前，他们却不得不将自己打扮成为凡·高虔诚的信徒。这般虚伪的表演，这般冰冷的人性。

但这，至少有一点好处，那就是掩耳盗铃的人们熟练掌握了自欺欺人的技巧之后，便可以像浮在水面上的油彩一样，浮在自己卑微的生活里，而不至于像凡·高那样过早地进入另一个世界。

正是因为这样，我才最喜欢看小桥边那些眉梢眼角都溢出幸福和惬意的喝着咖啡聊着天的人。好像在这里，在这一刻，生命真的就可以只是这样简单，只是这样自在，什么都可以想也什么都可以不想，人们可以真正地想自己所想，做自己所做。成为简单的自己，感受朴素的生命，人们终于可以停下那盲目却雄心勃勃的奔向死亡的脚步，终于可以忘记对荣耀和财富的舍命追逐，只是静静地坐下来，感受友情、亲情、爱情，感受家的温暖，真正学会淡然和关怀。就像凡·高笔下所营造的那个缤纷而和谐的世界中所呐喊的那样。

阿姆斯特丹，这一朵星空下静谧的云。它给予文森特·凡·高独特的温暖体验，让这个矛盾而疯狂的人爱上了这原始而美好的一切，或许，这正是他骨子里流淌的血液最真实的颜色，而并非他想象中的凝重与晦涩。只是，他并不自知，那颗焦灼而迫切向往自然和超脱的谦逊而又起伏不定的心，更是难以被世人所理解，即使是他无比看重的友人高更。凡·高无比真诚地用象征手法为他画了一幅以椅子拟人的高更的“自画像”，那其中体现出的冷峻高贵的气质和毋庸置疑的威严感，充满了只有儿子对父亲才会产生的真实崇拜和热烈情感。而高更却反过来在他为凡·高画的那幅描绘凡·高创作《向日葵》情景的肖像画中创造了一个臃肿的画板前有些笨拙地提着画笔的凡·高。在画中，凡·高没有任何焦点的暗淡双眼里，我们找不到任何创作的激情洋溢或是思考的严肃专注，却栖息着一个仿佛精神抑郁的患者的默然和某个时运不济的颓然商人的拮据唐突。

不被社会承认，甚至无法被“所爱的人”理解，这样的凡·高，精神只能处于崩溃的边缘。这一次，即便是他深爱的荷兰的温情土壤，他最忠实和爱护他的最初给予他无私认可和接纳的“母亲”，也无法救赎已深陷痛苦泥沼的灵魂。那双有魔力的手掌，正一点点地淡去丰满的颜色，一点点地消逝清晰的指纹……终于，像一首戛然而止的音乐，在深沉夜幕里万丈深渊的上空，化作一缕飘散于天际的烟尘。

这个作为“自身”痛苦可怜，作为“他人”却伟大耀眼的天才，此刻，终于能如他生前所愿，不再害怕作为“人”的寒冷寂寞，而成为温厚仁慈的自然的一部分，成为空气中无色透明的存在，成为云朵上栖息着的静谧安详的灵魂，成为生命的本质，虚无的虚无。

我们今天的时光、过去的时光以及未来的时光，从未停息，它们以自身独特微妙而又强力神秘的方式，在做着每一瞬间都在经历着诞生、存在与消亡的关于生命和生活的五光十色的实验。没有人能预料任何的结果，甚至于是否会有某种形式的“结果”。人们只是一代代的，在这期间前赴后继地仰望着天空，脚踩着大地，而那些偶尔跃然于苍穹的灵魂则像流星，燃烧着美丽的神秘光芒，然后归于天际。

于是，世世代代伴随着我们的温柔星空，那一朵朵安详静谧的云朵，就守着这些已逝的耀眼生命深邃思考后所给予尘世的慷慨祝福，虔诚祷告。

听，星空下一朵静谧的云，那是生命虚无的温暖，是凡·高，是天堂里的梦呓。

I Am Sterdam

潘国锋

清晨，阿姆斯特丹下起初秋的细雨，走上甲板闻到雨中的味道就知道这是我一直憧憬着的地方。特别喜欢下着雨的北欧街道，踩着碎石路走在弯曲的街道上，两旁都是上百年的古老建筑，不时有列车穿城而过……这些，今天在荷兰阿姆斯特丹，我确实全部看见了。

荷兰阿姆斯特丹港口

一栋玻璃幕墙高楼，很醒目地打出：I Am Sterdam，姑且翻译成“我是斯特丹”吧，是这座城市的宣传口号。远方有很多工业烟囱向空中排放着白雾，黄色的小火车呼啸着从航站楼前驶过，一位站在车门前的妇女和车内的男人对船上的我们挥了挥手之后便继续聊起了天。

下船之后在航站楼里迎面走来几个彪形大汉，我这个180厘米级别的身高都还得仰视，荷兰的男性平均身高为182厘米，女性为176厘米，这和他们在二战后吃奶酪有关，现在整个荷兰所有的医院的病床全部要加长，重新定做，果然不负“身高最高的国家”称号。

荷兰是一个极为自由的国度，自由得甚至令我感到不可思议。在这里，吸食轻型毒品合法，同性恋婚姻最先被法律认可，安乐死最先被承认合法，而性交易的合法更是让阿姆斯特丹的红灯区文化闻名于世。像吸毒、性交易这些在他国的地下活动，在荷兰可以堂而皇之地进行，而当地人认为这不但没有败坏多少风气，反倒更加有利于社会的安定：吸毒的人无须再同警察玩弄阴谋，妓女们可以在这个国家有尊严地生存下去，还可以正大光明地向政府纳税。

清晨在雨中闻到的味道，应该就是自由的味道。

一直很喜欢有铁轨的城市，轨道向街道的尽头延伸开去，这上面拥有数不尽的历史与故事。阿姆斯特丹的街道中间部分大都是电车轨道，轨道的曲线非常优美，以最自然的方式在远方逐渐相交，再分开，电车疾驰而过，留下一阵阵与铁轨撞击的有节奏的声音。荷兰的街道很有特色，有电车道、汽车道，还有专用的朱红色的自行车道，这个国家号称自行车王国，人口1635万，拥有1200万辆自行车，每年光报废的自行车就多达四万辆。而这些废弃的车辆，全被人们扔进了运河里面，使得运河水面变浅，政府每年要花巨资从运河里打捞回收废弃自行车。

在阿姆斯特丹，绕不开的始终是凡·高。

凡·高的一生就是一部自杀式的连续剧，颠沛流离的生活已将他折磨至崩溃的边缘，没有人去欣赏他的画作，没有人去认可他的才能，他为了自己心爱的女人甚至把耳朵割了下来。凡·高一生中画作无数，却只卖出一幅画，而且还是别人看他可怜才买下的……这和天才高迪很像，苦心经营自己的作品，建造了那么多童话般绚丽的房子，终究只卖出一栋。天才的命运总是如此，生前作品无人问津，等到死后，成为后世炙手可热的传世佳作，这又何尝不是一种悲哀？对于天才本人，更是一种彻彻底底的悲哀！

荷兰凡·高博物馆

荷兰伦布朗风车

在阿姆斯特丹的凡·高博物馆里，我有幸亲眼见到凡·高名作《向日葵》。画中向日葵旁边的明黄和深棕，是凡·高向往的色彩，但这个充满希望、充满阳光的世界终究只是他的幻想罢了，他在以常人无法想象的浓墨重彩，以一种近乎歇斯底里的姿态，向世人诉说着他的抱负之远大，命运之多艰。

离开凡·高博物馆之后，车慢慢地开出阿姆斯特丹市区，郊外是满眼的绿意，小松鼠受了惊吓慌忙地向远处跑去，河面上泛起柔和的波浪，骑着自行车的人们从河边的公路上穿过，一条小船被解开了绳索慢慢地向河中间开去。

眼前的这架大风车名为伦布朗风车，是当年伦布朗家族修建的。荷兰的风车上层是风车机械，也就是大家所熟知的四个大风车叶片，风车叶片的基座可以在房顶上360度旋转，因此，不管是什么风向，风车都能工作。风车下层就是住家，荷兰人自12世纪起修建风车，用来碾磨麦子或香料，成千上万的风车立在绿色的田野中，要是等到花开时节，风车下面就是无尽的郁金香，这就是大家心目中最普遍的荷兰名片。

上帝宠爱的城市

潘国锋

9月8日，抵达瑞典首都斯德哥尔摩的卫星城市尼奈斯港，这次靠港是最为特殊的一次，船并没有靠近码头，而是在离岸边还有大约一海里的海域停泊，离船后需要换乘轮渡，坐着小船上岸。海面上是大大小小的岛屿，灰黑色的变质岩体上全是挺拔的耐寒针叶树木，偶尔在某个岛上出现几座彩色的木房子。

瑞典是斯堪的纳维亚半岛上面积最大、国力最强的北欧四国之一，位于半岛

瑞典尼奈斯港湾

东部，西南与丹麦隔海相望，西与挪威以斯堪的纳维亚山脉分界。瑞典虽然属于欧盟国家，但是欧元在这里并不通用，瑞典有自己的货币瑞典克朗，如今瑞典克朗与人民币的兑换汇率大概是1:1。英语在这里也不是很通用，他们使用瑞典语。

尼奈斯港距离斯德哥尔摩市区59公里，开车行驶45分钟就可以到达。通往市区的高速公路上，一路上都是绿树青草，路边不时出现几个大大的农场，青草地上明显露出收割机驶过的痕迹。瑞典是个高森林覆盖率的国家，达60%，森林总保有量在欧洲位于前列。这个国家在两次世界大战中均保持中立，不倾向于任何联盟，因此未遭受战乱之苦，留给这一片青山绿水的自然是平和安宁。瑞典人的内心也同样平和，长期稳定的国内环境为国民创造了极为丰厚的物质财富，这里号称拥有一套完整的“从摇篮到坟墓”的福利系统。

在瑞典有句谚语：上帝宠爱的孩子有很多名字。斯德哥尔摩便是如此，它的名字直译过来就是“木头岛”，因为岛屿众多，水系纵横，所以也被称为“北方威尼斯”。

没有蓝色的蓝厅VS沉船博物馆

潘国锋

当巴士逐渐从乡野开往市区的楼群之中，通过长长的隧道后，市政厅朱红色的墙体在很显眼的位置昂然挺立。瑞典的这个市政厅高106米，丹麦哥本哈根市政厅高105米，但是丹麦人说是110米，两个互相较量的国家，谁也不会说自己的市政厅矮一截儿，因此孰高孰低，不得而知。二者相同的是，都是方座尖塔式的建筑，且都以红砖为建材，外表没有过多的装饰与粉刷，顶端都有一座钟楼，当然，丹麦的钟号称是世界上最精密的天文钟之一。不同的是，哥本哈根市政厅坐落在闹市中，偌大的广场上人群熙熙攘攘；斯德哥尔摩市政厅三面环水，水的灵动与朱红色楼宇的稳重庄严相得益彰。

斯德哥尔摩市政厅之所以闻名全世界，一个很重要的原因是因为诺贝尔奖。斯德哥尔摩是诺贝尔的故乡，诺贝尔将自己的遗产及其利息设立了物理学、化

瑞典市政厅的方形塔

瑞典市政厅内的金色大厅

学、生理学或医学、文学、和平五个奖项，奖励对人类做出重大贡献的人。1968年增设经济学奖。除和平奖在挪威颁发外，所有奖项均在斯德哥尔摩颁发，诺奖的最终得主均将在此揭晓，因此斯德哥尔摩市政厅蜚声海内外，并且所有的诺奖得主，均在市政厅参加晚宴与各种仪式，其中尤以蓝厅为甚。

蓝厅位于市政厅左侧一层，走进蓝厅，却看不到任何蓝色。蓝厅名字的由来颇有意思，当年设计建造市政厅时，这个大厅在设计图纸上都是被标注为“蓝厅”，但当整体竣工之后，主设计师一看到这个未完成的素颜“蓝厅”，墙体朱红，大气磅礴，而没有涂饰任何颜料的灰白穹顶，能给来访的人更多的想象空间，因此，他立即决定不再对它进行任何修饰，“蓝厅”一词继续应用，这样，就有了今天的蓝厅。每年的12月10日，诺奖得主、瑞典王室、各方政要以及贵宾均将云集在此，举行盛大的宴会。有了诺奖的光环，蓝厅自然气质非凡。

历史上不知道有多少像蓝厅这样流传至今的传世佳作，就是在一念之间由于智慧和灵感的迸发而问世，虽然违背初衷，但是以意料之外的惊艳姿态亮相。

走出蓝厅，碰上了一群来自祖国的游客，听口音是南方人，英语倒是能听懂，但终归有点儿费劲儿，果断去蹭中文导游。在日本人群体中待过一段时间后再去反观中国游客，素质方面确实不能比较。在一个被他们的导游称为可以许愿的地方，我听到的全是“明年赚100万”之类的话。突然在一个小厅里，女导游叫大家都去摸一摸诺贝尔雕像，说是可以带来好运。于是，他们蜂拥上前，就像是去领诺贝尔奖一样。而雕像的下方，赫然写着“请勿触碰”！

无语。

下午首先去的是瓦萨沉船博物馆，说真的，还真有点儿晦气，在哥本哈根看到了“泰坦尼克”号遗物巡回展出的博物馆，今天在这里看的又是一艘沉船，这让乘船旅行的我情何以堪，瘆得慌！

“瓦萨”号沉于1628年的首航仪式上，当时的瑞典国王急于向世界展示瑞典强大的军事力量，迫不及待地想建造一艘大型战舰，当设计师把图纸交付之后，国王盲目地要求从原来的单层炮台增加为双层炮台，这在一定程度上造成了船的头重脚轻，为沉船埋下了伏笔。每艘船在建造好之后，航行之前都会有一个平衡

瑞典文化艺术中心

度测试，所谓平衡度测试就是几十个人在船左右舷之间来回奔跑，使船左右摇晃，测试船的抗摇晃度。为了赶工期，设计师们并没有按标准完成测试。在1628年8月的某个周末，斯德哥尔摩市万人空巷，人们都站在河边，想亲眼看看这个“庞然大物”如何驶向大海。当人们还沉浸在战舰出航的喜悦当中时，悲剧骤然上演，一阵微风吹过，大船左侧渐渐下沉。

随即，“瓦萨”号渐渐沉入冰冷的波罗的海海底，带走的还有50条生命。由于波罗的海自然环境恶劣以及打捞技术的落后，一直到20世纪60年代才将“瓦萨”号全部打捞上来。如今，这条长60米、高52米的战舰虽然已被修复，但是几百年的时光早已将其昔日的风光腐蚀殆尽，在它身旁嗅到的也只能是厚重的防腐剂的味道，它不再是代表强国的远征利器，只是在向世人展示一场人为导演的悲剧而已。

离沉船博物馆不远的一个大公园里，房子就像童话里面的一样：矮小的木栅栏里是一小块蔬菜地，小木头房子的烟囱呼呼冒着热气，屋后面种着鲜艳的野

瑞典议会大厅

瓦萨沉船博物馆

花，农妇缓慢地锄着草，绵羊懒散地在门前的草地上散步，不远处的稻草垛后是无限美丽的夕阳……今天在这里所看到的，正是小时候关于童话所设想的场景。但是，毕竟已不再是童年，也不再拥有五彩斑斓的梦想，如今走在这里，心里并没有太多的触动，与平时走过的某片森林没有什么两样。成长的过程中，那些奇思妙想，那些天真无邪到底都去了哪里？

在海关盖好戳，乘坐小船离开瑞典码头的时候，我并没有留恋。说来也怪，北欧的国家是美的，这一点毋庸置疑，但是总是感觉缺少一些东西，比如人与人之间的热情，比如在国内早已习惯了的喧嚣。在这里，人们总是离群索居，而且每年还要面对长达半年的黑暗。在这里待久了，我觉得会失去更多，会把自己变得孤独。这一走可能永远都不会再来这里了，当然，如果将来是来领诺贝尔奖的话，会考虑再回来一趟的。

初探卑尔根

潘国锋

卑尔根有个很美丽的别名——雨城。一年四季，几乎每天都在下雨，下完雨后，转个身不经意间便可以看到某处的彩虹。

纷纷细雨中，走在北欧的街上心情十分舒畅，那一排中世纪风格的五彩木房子在雨中越发让人感到像是回到了过去。这里的人们并不是行色匆匆，许多当地人三三两两地坐在街边的咖啡厅，对我们这些外来客十分热情，很自然地向我们打着招呼。

挪威卑尔根市的小木屋

卑尔根市被列为世界文化遗产的布吕根镇

挪威卑尔根市佛莱茵山上的“山妖”

一路走一路看时间，一定要留够时间往回走，我现在真是对时间提心吊胆，这是日本人训练出的结果。眼前的一辆自行车倾斜地靠在水边木栏杆上，这个角度可以看到“和平”号的全身，此时另一条彩虹从船后的山间升起，彩虹从船尾一直跨到船头，这是第三次看到彩虹。

下山回船的途中，本想换另一条路走回去，忽然下起了大雨，而且看起来前方像是没有路了，于是又狼狈地跑回原路。我多少是缺少一点儿冒险精神的，就算前面是未知的方向，也应该大胆地去闯一闯。最后回到街道上的时候，先前碰到的一位妇人再次出现，她走的正是我想尝试的那条路，要是我再往前走一走，就可以沿着新道路走回来，必然可以看到不一样的风景。

卑尔根，小城市到底是小城市，开车的时间总是很短，在市内的一座高山上可以看到卑尔根大部分城区的面貌。山上很寒冷，居住在山上的这些人并不喜欢外人的频频造访，这打破了他们生活的宁静，甚至出现过山上的老人用水枪向德国游客喷水的极端行为，一是因为德国游客的打扰，另一方面也是对德国的民族仇恨。挪威的历史，其实就是一部殖民史，在丹麦的统治之后，其被作为战利品割让给了瑞典，二战期间又被德国统治殖民，最后终于在战后获得了独立，现在挪威人自称是苦难到了尽头了。于是，丰厚的自然资源让国家和人民的财库日渐丰裕，宜人的气候与居住环境也让其连续六年赢得了“最适宜人类居住的国家”的荣誉，超高的人均生产值居世界前列，整个国家没有一分钱的外债，还是世界第三大石油出口国，深海石油开采技术先进……挪威有一项石油基金，专门用来给人民提供福利，如果把这份基金全部发放给460万挪威国民的话，每个人能领到70万克朗，大约是80万人民币。挪威，如今已然以骄人的姿态屹立在斯堪的纳维亚半岛上，独特的娇贵与灵秀之气，让我无法抗拒它的诱人魅力。

来到卑尔根，埃德瓦尔·格里格不得不提，这是一位卑尔根乃至于整个挪威灵魂式的天才人物。个子仅150厘米的格里格，他的音乐具有永恒的魅力是因为他有一颗追求自由、真理和团结的正义之心，他宣称艺术没有等级之分，应该奉献于社会，奉献于广大人民。如今的挪威已经不是格里格时期的挪威了，这个国家的国际地位与财富和19世纪截然不同。

挪威音乐家格里格的画像

在格里格的故居前有一个验票口，但是这里并没有人把守，只是简单地竖着一块牌子，这也是我见过的最独特的验票处了，要进去参观的人从格里格博物馆买好票（其实就是个圆形的小标签），然后走进格里格的故居。每年有将近百万的人到访这间小木房。格里格生前每年夏季会和夫人妮娜住在这里，其余的时间都是在世界各地旅行。客厅的中央有一架格里格曾经用过的钢琴，到现在每年都还会有钢琴公司的人员定期来调试。

离开格里格住所30来米的地方，再沿着阶梯往下走10米左右，就可以看到一间小房子，位置极为隐蔽，这是格里格的创作小屋，他的音乐大部分都是在这间屋子里创作的。因为每年都有很多人来拜访他，所以他干脆离开住所，妻子则帮着在家里招待访客，他则在这里潜心创作。

在挪威国王的行宫前，工人们正在整理道路，把通往王宫路上的沙石弄得均匀一些，一询问才得知今天下午挪威国王将从奥斯陆来到这里。运气不错，还真给撞上了，不过，我们应该等不到下午欢迎国王光临的仪式了。

在王宫后面的草地上，草出奇地绿，天上的云出奇地白。两位老师带着一群五六岁的小孩儿在草地上做游戏，孩子们穿着类似于消防队员队服的上衣和连体

挪威国王的夏日行宫前草坪上的孩子们

的雨衣，在草坪上滚来滚去，身上又是泥又是树叶的。这种露天教育，让孩子们从小亲近自然，培养健康的心理以及对环境的爱护之心，这一点我很是感慨。我们国家的孩子这么大的时候在干什么？在教室里，在家里，天性逐渐被抹杀。这并不是我们孩子的问题，要是一个小孩儿在外面的泥土里开心地滚来滚去，回去之后看到衣服脏了的家长肯定是一顿批评。要是哪位老师敢领着孩子们出去，不出意外倒还好，一旦蹭破点儿皮，家长都会和学校争论不休。我们的幼儿教育怎么就这样矫情？！

在峡湾，误以为坠入仙境

潘国锋

9月17日早上5点，抽风似的迅速从床上爬起来，这是第四次如此早起，第一次是在苏伊士运河，第二次是在伊斯坦布尔，第三次是在直布罗陀海峡，第四次是在现在的挪威峡湾。

8月16日早晨5点起床，为的是去顶层看苏伊士运河，右侧的西奈半岛地平线上刚好生出橙红的曙光，左侧就是广袤的非洲大地，船头正前方朝向不宽的运河。

8月21日，在土耳其的第二天，对于伊斯坦布尔这座城市向往已久，看了它的黄昏与落日，还有斑斓的夜色，我迫切地想体验一下伊城的寂静黎明。也是5点多起床，在11层的甲板上，天色渐亮，沐浴在晨光中的蓝色清真寺更显庄严；东边的山头上，成片的电视尖塔，和帕慕克小说里描写得几乎一致；还有尚未褪去霓虹的博斯普鲁斯海峡大桥，晨曦中的伊斯坦布尔极为大气与雍容。

8月31日凌晨5点，船将通过连接地中海与大西洋的直布罗陀海峡，我对这些地标式的地点有一种说不明白的敬畏与向往。在这里5点的时候天还是一片漆黑，虽然对寒冷早有预备，但是真的到外面的时候，还是感到锥心刺骨般的寒冷。岸边不远的地方可以看到灯火，那应该是西班牙。

9月17日早上，一进电梯就顿感凉意，到10层的时候，透过玻璃窗看到了外面如镜子一般的水面，倒映着高山与天空，已经天亮了，人也聚集了不少。

当推开最后一扇门的时候，山水像画一般地铺了过来，这一刻，我看到了无数的“天门中断楚江开”，气势磅礴地屹立在那里。第四纪冰川侵蚀形成的U形

松恩峡湾

谷中，彩色的小木房世外桃源一般点缀着绿色的山谷，几缕白云悬挂在峡湾中间，像一座天桥。等到慢慢靠近的时候，这座“桥”摇身一变成了山的朦胧面纱，丝丝缕缕游离在半山腰，这种美不同于约旦大漠的苍茫，但也在刹那间震撼住了我，一位日本老先生看到这种景象甚至激动得哭了起来。

等到上午，山头已经洒满了阳光，不再是遍体幽蓝，此时船已经往回开了，来到顶层的时候刚好又是到了早上那一条带状的云那里。惊喜的是，那片悬在半空中的云依旧在那里，不同的是，有了阳光的拥抱，山更显巍峨，云更显飘逸，活脱儿一个人间仙境！

碧波荡漾的水面

松恩峡湾不同于三峡，虽然据说三峡更秀美，更惊险，但是各有千秋吧。三峡的形成主要是由于流水的切割冲蚀，U形谷和V形谷较多，可是现在三峡水库蓄水之后，虽说高峡出平湖，但是总是改变了大自然的本意，那份惊艳或多或少地少了些许；而位于北大西洋东岸的松恩峡湾，则是亿万年前第四纪冰川用无尽的耐心凿磨而成的，这里有弧度完美的U形谷，有高山之巅的巨型冰斗，有向下延伸的白色冰舌，有山崖壁上的大型冰臼，还有显眼的角峰，在地质学课本上学到的地理名词在这里基本上都看到实物了。

挪威的冰川遗迹发育广泛，风光秀丽，规模居世界前列。而最打动人的，便是那山崖之中、山麓之上毛毯般的青草地，还有那田园牧歌式的木房。

幻想某一天在这里和最爱的人亲手修建一栋小房，守着这一片青山蓝水，还有那山顶的皑皑白雪，可以泛舟，可以放牧，可以登高，可以歌唱……

幻想终究是幻想，而且在这里住得太久，反而会破坏心中对它的美好想象，留一点儿余地总是好的，就像约旦，短短两天轻轻一点，留下的却是如今无限的想念与再次到访的憧憬。挪威的印象会更深，毕竟在这里前后停留了四个日头。

峡湾变得越来越宽，两侧的山越来越远，挪威正在远离视线。彻彻底底地进入大西洋了，很远的地方可以看到许多喷着火焰的石油钻井平台。台湾老太太也在甲板上，这位慈祥的老太太举止优雅，每一个动作都传递着安静与从容，有时候我们俩一起趴在栏杆上，一句话也不用说，一老一少，望着海面与群山，大自然是语言最好的载体。她说虽然那些教堂很美，但是自己更喜欢大自然。我说我也是，大自然造出的东西用的是亿万年，而人工艺术品顶多百十年，无法带给我像这样的心灵震撼。老人颔首表示同意。接着，不再有群山，不再有住房，船头前方是茫茫大西洋，几艘巨轮正在海平面上，说不清是往哪个方向行驶。

第七章

奔放拉美

关于多米尼加的三个问题

郭小兰

经过12天的漂泊后，我们从北欧的挪威横穿大西洋到达了加勒比海上的岛国多米尼加共和国。在首都圣多明各靠港时只觉一股热风迎面而来，在挪威穿上的羽绒服早已换下，穿上短衫长裙。接近10月的多米尼加依然在雨季中，天气变化无常，那天我们就深切地遭遇了一回从艳阳天到倾盆暴雨的壮观景象。我在回程的车上小憩，睁开眼时正好看到车窗外足以照亮雨中昏暗天地的大闪电，似是要将天空分裂成几块，极为壮观。

出行去参观可可林和巧克力制作工厂的路上，我们一边轮流问着导游大家感

多米尼加的圣多明各港

兴趣的问题，一边替身边听不懂英文的长辈们翻译——在这里没有找到中文导游。今天的导游有深咖啡色的皮肤，身材偏瘦。他的英文很清晰，没有西班牙语口音，交流起来比较方便。大家感兴趣的各种教育、经济、房价或是风土人情的问题他都一一耐心回答。我想起下船前遇到的来自洪都拉斯的餐厅服务员的善意提醒，她说这几个美洲国家很乱，不要单独去偏僻的地方，尤其是晚上。她的原话是“他们会为一美元而杀人，在我们国家就是这样”，我很难想象现在还有这样乱的社会。于是顺口问了导游一句：“这里经常发生谋杀案吗？”他一下子停下了滔滔不绝地介绍：“对不起，我没有听清楚。”我又重复了一遍问题，意识到这个问题也许不太礼貌，又加了一句：“我只是好奇，没有其他的意思。”他说没关系，我们是一家人，他喜欢重复，在车上的我们今天都是一家人。停顿了几秒，又像是过了很长时间，他依然皱着眉头，从听到这个问题开始就是这样皱着眉头，欲言又止的模样，我开始放弃，觉得这是一件很令人为难的事。正好坐在后排的静一姐问了一个有关社会福利的问题，他对我说了一声抱歉，然后转头回答静一姐的问题。

车行驶了很长一段时间，我看到公路旁的岔路上有人腰上别着枪走过，连忙叫旁边的人一起看，不过车速很快，马上就过去了，我来不及确认是否是我看错。然后我问了今天的第二个问题：“在多米尼加公民可以合法持枪吗？”因为我记得好像哥伦比亚的公民就可以合法持枪。也许是说得太快，他没有听明白，小李老师帮我解释了一遍，他又开始像刚刚一样纠结了，说了几句这里的社会在逐渐发展，社会比以前稳定了很多，收入也在增加之类的。他脸上的表情让我不忍再看，他的眼神太过复杂，我难以读懂，似乎是很难受，又带了一丝委屈，这样的表情放在一位干瘦的中年大叔脸上，让我止住了追问的欲望，觉得让一个兴致高昂正欢快地介绍他的国家的大叔露出这种表情的我简直罪孽深重。于是我做了一个暂停的手势，问了第三个问题：“你喜欢你的国家和你目前的生活吗？”“当然！”他点了点头，很快地回答，看到他重新露出的笑容我在心里松了一口气。他说他生长在这里，他的祖先生长在这里，他的后代也将会在这里生活下去，多米尼加虽然不发达，但它在慢慢发展，越变越好。他告诉我他有四个孩子，最大的在上大学，最小的还没上学，虽然支付教育费用负担很重，生活很辛苦，但是他相信教育可以改变生活，因此无论多难都会让所有的孩子接受教育。他像每一位骄傲的父亲一样聊着他的孩子们。三个问题结束后，我望着车窗出神。我在想问题的答案并不重要，很久以后我总会忘记，但是这张先前忧郁现在欢快的脸庞会在记忆里停留很久，那一刻的难受是为他的国家还是他自己背后的故事都不再重要了，就让它成为一个谜吧。

亲自种下可可树苗，并且在茂密的可可树林里收获成熟的可可果是个很棒的经历。那些红的黄的绿的可可果在枝干上斜生出来，和成熟的木瓜差不多大小，剖开后里面是白色的可可果，可以直接吃，滋味香甜。小工厂里留有的是老式的机器，按步骤演示从可可豆到成品巧克力的过程。大家都蠢蠢欲动，抢到机会用模具做了一个，最后还可以带走。

多米尼加之行混合着可可果的甜香、巧克力的浓郁香气还有暴雨过后空气里清新的泥土味儿和青草香，在一路驶向港口的车上落下帷幕，我们将继续驶向哥伦比亚。

在巧克力制作工厂观摩巧克力的制作过程

在多米尼加参观最大的可可种植园

中美洲略览

孙乐天

在中美洲，我们先后去了多米尼加、哥伦比亚、巴拿马、危地马拉、墨西哥五个国家。行程比较密集，加上对有些没建交的国家不是很了解，导游是本地导游，不会说汉语，我的印象不是很深，只能是粗略地写一写了。

中美洲的历史是一部西班牙人的侵略史，在这里，可以见到许多西班牙风格的建筑，官方语言也是西班牙语。当地人的生活水平不是很高，从犹如理想国的北欧来到这片土地，看什么都不顺眼，这就是“由俭入奢易，由奢入俭难”的道理。

巴拿马是很值得一写的。在巴拿马，我们访问了一个先民部落，其实就是一个普通的小村庄，像我们的农村一样。在这里，我终于吃到了在越南没吃到的椰子。那个椰子有足球那么大，我喝到最后也没喝完，味道感觉淡淡的，不怎么好

多米尼加哥伦布后裔居住过的城堡

哥伦比亚穿着民族服饰的姑娘

哥伦比亚卖水果的小贩

巴拿马库那原住民生产的工艺品

喝，不管怎样，反正是吃到了。

一开始来到一间大屋子里听当地人介绍这里的风土人情，我虽听不懂，但大概能猜出来他们主要还是在宣传有当地特色的手工艺品。大概是一种装饰品，有点儿像苏绣，但不如苏绣精致。我没有兴趣，就到村里闲逛。在一户人家门前，我看见有个年逾花甲的老人在看书，过去打了个招呼，没想到他竟会说英语，于是我们就聊了起来。他向我介绍周围的花草树木，这些热带植物我很陌生，只认识香蕉树。他说他在学英语，说完拿着一本很旧的单词书给我看。在闷热的树林里，他气定神闲地背着单词，真正做到了“心静如水”。

先民部落里的孩子都很热情，可能是见到我们这些远道而来的游客感觉新鲜吧。我发现这里的孩子竟和国内的小孩儿长得如此之像，如果不是语言上的障碍，我真以为他们就是一群中国的孩子。导游一直在介绍他们就是蒙古人的后代，祖先是从西伯利亚经过白令海峡来到美洲大陆的。这种说法我以前也听过，但是总感觉不可思议。

过了巴拿马运河，接下来的国家是危地马拉，这个国家不出名，但是随着电影《2012》的放映，玛雅文明却很火。我们是乘坐军用小飞机去的玛雅金字塔的森林公园，那次经历真是让人永生难忘。

如果单纯是为了一种体验，乘军用小飞机倒是蛮有趣的。但是作为一种交通工具，真不是太舒服。起飞时的超重，下降时的失重，加上中途的颠簸，坐了19个人的小飞机，那真是令人胆战心惊。

危地马拉属于热带，天气炎热的程度自不必说。飞机上连空调也没有，那可不可以开窗户呢？答案是当然不行。就这样的小机舱，宽不过两米，没电扇、没空调，热得人汗流浃背。飞机起飞后终于凉快了下来，窗外白云朵朵，宛如白色的山峰，却又柔和了许多。去时并没有什么，但回来时飞机在危地马拉城的上空转了一圈儿，我很奇怪，好端端的转什么圈儿啊，心里有一种不祥的预感：莫非要迫降？飞机越飞越低，我的心也不由得紧张起来。转了360度以后，飞机又莫明其妙地向前飞了，高度也渐渐增大。我的心刚刚放下，突然一个俯冲，我一下

危地马拉阿蒂特兰湖的日出

危地马拉保存在森林深处的神殿

危地马拉玛雅遗址里的神殿

危地马拉玛雅皇宫遗址

子离开了座位，幸亏有安全带挡着，要不真就飞起来了。那一刻，我的心都提到嗓子眼儿了。驾驶员很快稳住了飞机，整个过程也不到一秒钟，只不过是一瞬间的事。之前我曾半认真半开玩笑地说，我们要不要分开坐，乘两架飞机。出现了这样的事后，虽然是虚惊一场，想起来还是有些害怕。

这便是在危地马拉的惊险一刻，从那以后，我对飞机便没有了什么好感。

库那族的小孩儿

郭小兰

长长的公路两旁是茂盛的植物，车从港口驶出了近两个小时才到了今天的拜访地——库那族部落。库那族是巴拿马的土著民族，他们生活在土著人自治区或是居留地。我们到达的是一个小村落，首先闯入目光里的是一群互相推挤的小男孩儿，女孩子们在后面远远看着，他们的穿着与我们无异。下车后看到的一群妇女穿着她们的传统服饰莫拉，色彩鲜艳很吸引眼球：小臂和小腿上都有花纹繁复的类似护腕和绑腿的东西，女性戴大红色的头巾，短衫前镶嵌一块当地称作莫拉的手工纺织品，与衣服做成一体，下身穿围裙，色彩和花纹都很扎眼。这里的人们似乎没有接待过外面来的游客，据导游说这是第一次。我们和船上的另一群游客聚集在他们村里一个宽敞的大堂里，窗户上挤满了看热闹又不敢进门来的小孩儿，还有妇女抱着娃娃也站在窗前努力向里望。村落里的族长用库那语表达了对我们的欢迎，那是他们民族的语言，与巴拿马通用的西班牙语相去甚远。根据规定，这里的人们可以使用自己的民族语言，我后来尝试着用学到的一些西班牙语和村里的小孩儿沟通，他们却全无反应，我猜测他们大概没有学过西班牙语。

巴拿马库那原住民和她的莫拉

动手试做过莫拉后，我和小李老师出了大

堂，想到村里逛逛。我们走了不到100米，就看到前面的道路变成了泥土路，而且已经用带子拉起，不允许游人继续前行，附近还有穿着警服的男女四处看着。他们大概也是今天才来的，是为了保护我们的安全，还是为了保护村里的人们不受打扰？我无从得知，在这里离了导游就无法和当地人沟通。各处走过后发现允许我们自由走动的不过一小块地方，最后我们又返回了大堂附近。几个女孩儿一直远远跟在我们后面，好奇地看着，我干脆走过去招招手打了个招呼，又晃了晃手里的相机，询问能不能合张影，她们害羞地点点头。回船后翻出照片，意外地发现在墙角处还有个女孩儿一只手扶着墙朝这里望着。男孩儿们活泼很多，对着镜头做各种鬼脸，互相推着，还有小男孩儿在地上打滚儿。一个小男孩儿把手伸向我的相机，我以为他想拍照，对着他拍了一张，结果他是想要用我的相机。我将相机递给他，告诉他快门的位置，他指指我，然后对着我用我的相机给我拍了张照片，看到成功拍下后，他很开心地又试了很多次才依依不舍地把相机还给我。

在村里我们还看到两个白发的年轻人，也是很腼腆地看着游人，不怎么敢靠近。据说库那族的白化病发病率是所有民族当中最高的，却不知原因为何。听到后面传来小孩儿的哭声，我们好奇地寻过去，问了旁人才知道原来有人把船上早餐里的海苔带来了，这些小孩儿第一次吃到这种食品，被从未尝过的味道刺激到了，心里害怕就哭了。我此时生出了无限的沟通欲，生活在这样闭塞环境里的小孩儿心中都有些什么样的想法，我们这些匆匆而来，闯入这个异世界的人对于他们来说又是什么呢？我扫视了一圈终于找到一位看起来也许可以交流的男子，可挫败地发现他听不懂英语，西班牙语也和我一样只限于打招呼。

巴拿马的部落之行就在这样的遗憾中结束了，那群小孩儿羞涩的笑容和害怕的眼泪始终在心头盘旋，看着他们跟着离开的汽车一直跑到村外，我用力喊着“谢谢！再见！”谢谢你们让我知道世界上的这个角落还有这样一群小孩儿。再见，希望有生之年还能再见。

巴拿马运河，迟到13个小时的国庆节

潘国锋

上次过运河的时候是在荷兰阿姆斯特丹，那座城市以运河为特色，大小不一的运河像网一样编织在城市中。离开阿姆斯特丹时，船出港后沿着一条运河往大西洋航行，一路上，运河沿岸尽是北欧的田园乡野风光，无数高大的现代风车像卫士一样立在运河沿岸，飞机低飞，一阵雨过后，彩虹出现在田野中。

国庆节那天，也是船在巴拿马运河里开行的日子，这个国庆节迟到了13个小时，4月买的那面国旗终于在今天飘扬在了巴拿马运河上，我们高唱“五星红旗

拂晓的巴拿马运河两岸

迎风飘扬”。在国内不会太在意国庆节，在这里当红旗飘起来的时候，想到万里之外的祖国与家人，感情是很复杂的。

巴拿马运河不同于埃及境内的苏伊士运河，但两者都是世界上举足轻重的运河，一个连接印度洋与地中海，从亚洲驶往欧洲的船只无须再绕道好望角，省下了数千公里的距离，成为了中亚石油出口的咽喉通道之一；一个连接大西洋与太平洋，成为连接东西半球的纽带。

苏伊士运河起于红海止于地中海，全长也将近两百公里，平均宽度300米左右，河道笔直，人工开凿的痕迹很明显，岸防工程也做得很完善，对河岸都做了特定的保护措施，以避免来往船只产生的波浪冲蚀。苏伊士运河两岸地势平坦，没有水门，东侧是荒凉的西奈半岛，西侧是富有生机的农田。

巴拿马运河起始于大西洋，终止于太平洋，全长81.3公里，宽度从150米到350米不等，运河内的湖泊是世界上最大的人工湖泊。整条运河有三处水门，用来提升或降低水位，这也是它不同于苏伊士运河的一点。另外，河的两侧都是茂密的热带雨林，河水混浊，岸防措施做得很随便，都是裸露的土石，难道是这个地区的岩石抗冲蚀？

当天温度很高，我们在这里亲眼看到船是如何慢慢地被拉进闸门内的。我们从北向南经过巴拿马运河，一共经过了三处船闸，从加勒比海进入巴拿马运河时，由于陆地的地势高，所以船被拖过第一道水门后，慢慢地水门逐渐关闭，水位逐渐升高，船闸的宽度是33米，船体宽度是29米，不用担心船在这里磕着碰着，全世界的造船厂都是按照巴拿马的标准来造船的。随后船缓缓经过第二道船闸，水位升高，然后再以此继续下去。经过三道闸门后，便进入前方的人工湖，顶着湿热的天气慢慢前行。

巴拿马运河里的每处闸门之间大约长1500米，经过每处闸门大约用时70分钟，后两处船闸主要是降低水位的，到闸门前，进入水门后等待水位下降，再下降，一直下降到闸门的顶端到达了八层甲板的高度，后面的闸门才慢慢关闭，至此，船体达到了太平洋水位。

已经亲眼见识到了人类不服从于自然而生成的杰作，更感叹于人类的智慧与力量。巴拿马运河和苏伊士运河，这两条举世闻名的运河的战略地位与经济地位是不言而喻的，如果没有它们，必然会多出来几万公里的海路，到西方去的轮船只能绕道好望角，而从大西洋到太平洋的轮船只能取道阿根廷。这样的伟大工程，值得赞赏与钦佩！

巨轮通过巴拿马运河船闸

船经过狭窄的河面

巴拿马运河的南出口闸门

做了一回麻木的看客

潘国锋

拉美的天气像这里的人一样，永远散发着火一般的热情。跟着众人来到一处断崖，高约40米，远处的一块礁石上立着高大的墨西哥国旗，凶猛的海浪就像千军万马般从远处涌来，可以很清楚地看到海面的此起彼伏。断崖位于一处向海中延伸的海岬，强大的海浪常年拍打，这里的海岸线犬牙交错。我们站在断崖对面一处稍矮的岩石上，中间则是一处宽十余米的小海湾，大量海水涌入的时候，在里面反复撞击，引起巨响，水面顿时变成白花花的一片，“乱石穿空，惊涛拍岸，卷起千堆雪”，说的正是这样。

好几个20来岁的跳水者从我身后走过，巧克力一般的肤色。他们从这边下水，游到对面的岩壁下面，然后徒手攀爬到不同的高度，5米，10米，20米，40米，年纪越小站的位置越低。他们的队友在水中，等待海潮涌来，当海水深度达到了跳水的安全要求时，必须迅速向崖上的勇士们发出号令，海水每次涌入和退去，也就十几秒的时间，跳水者必须在这么短的时间内跳下。从最低的那一位开始，他反身翻腾数周，一头扎进海水中，瞬间就消失了身影，过了好一会儿才浮出水面。他的同伴在崖上为他鼓掌，我们这群看客也在鼓掌。

每次海水深度够了之后，就会有一位勇士纵身跳下，最后压轴表演的勇士站在40米的最高峭壁上。他向下面的观众挥手致意，肤色几乎和岩石一致，他转过身去，朝身后的两个供奉着神像的神龛祈祷，在胸前划着十字，紧闭双眼。海浪还没有达到跳水所需的深度，他在岩石最上面不断地抖动双腿，抡转双臂，拉伸

墨西哥的悬崖跳水表演

肌肉，背着观众练习了几遍跳水的姿势，在做跳水前最后的热身。此时，海面上他的同伴们看着海潮即将涨起来，发送了一声号令，他又转过身去，对着神龛在胸前划着十字，双手捧起神龛前的尘土涂抹在自己身上，拍拍手，单臂伸直指向天空，底下人群里又是一阵掌声与欢呼。他双臂展开，屈膝下蹲，双臂随之收拢，脚用力在岩石上一蹬，双手顺势抱住自己的头，此时海浪刚好涨了上来，他在空中连续几个翻滚，然后进入了汹涌的波涛中。

我感到我们这些看客很残忍，旁边的日本人有在说“快跳快跳”的，有哈哈大笑的，有大觉刺激的，在所谓的最佳观看点，有一家大型豪华餐厅，人们在里面吹着风扇，吃着午餐，然后看他们的表演。每一次他们跳下的那一刻，我都心惊肉跳，没法激动起来，为了生存，他们选择了这种职业，用生命做交换，这是一笔巨大的风险投资，每一次起跳都是与死神的较量，而每一次安全入水都是勇者的荣光。在他们每次工作时，父母在家里祈祷孩子的平安入水，妻子也在忧心忡忡地期待丈夫能平安归来。勇士们，光荣属于你们！

走进在街边的一个很不起眼儿的竞技场，这里每天上演着墨西哥摔跤，船内过来的人几乎都可以包场了。这种真假难辨的竞技体育，是当地人茶余饭后的消遣，晚上没事的话，花个几十元钱来看一场比赛，虽然里面的温度比室外还高，但是对他们而言还是挺值得的。

这种摔跤，很多人都不理解而感到很没有意思，说是摔跤，其实更像是一种情景演出，踢是假的，拳是假的，但是摔是真的，而且摔得不轻，没有真功夫这个东西是没办法玩儿的；摔跤手大都是膘肥体壮，没有拥有健美肌肉运动员那样的阳刚之气与曲线之美，而是穿着奇怪的服饰，戴着面具，视觉上并不是很吸引人，但是在现场，看到运动员们相互配合，重重地摔在擂台上时，那种感觉还是很刺激的，他们的举手投足之间总能赢得雷鸣般的掌声。

这种摔跤有它自身的丰富含义，每场摔跤都像情景剧一般，反抗殖民者，打小偷，打恶棍，等等，最终正义的一方总会获胜，彪悍大汉们的高速移动和飞速旋转实在令人目眩，定输赢的方式也不是裁判在倒下的一方拍地数秒，而是当一方的面具被对方凶狠地扯破时，就彻底地输了。

存在即有理，自己喜不喜欢不能成为这件事情好坏与否的判断标准，更没有资格因为自己厌恶而对它进行全盘否定。这种摔跤在墨西哥是国粹式的运动，墨西哥人对它如此狂热，必定有它的道理与原因，它有精彩之处，只是我自己不能理解罢了。

摔跤竞赛的场地，离码头有将近一公里，这里的环境并不是很太平，昏暗的街头上突然多了这么一群东方人，混混儿们免不了有想干一票的冲动。随处可见几个穿着暴露，抽着香烟拉皮条的拉丁女人在门口搔首弄姿，我赶紧绕开。

警察为我们全程开路，隔50米就站着几个持警棍的警察，走过去还彬彬有礼地向我们问好，我可从来没有享受过警察开道这样的待遇！墨西哥警察对这一艘停泊在此的日本邮轮肯定要兢兢业业，外事无小事，要是游客生命财产安全稍有闪失，日本政府肯定不会放过墨西哥旅游局的。

是“Made in China”，还是“冰箱贴大国”

胡静一

虽然出发之前，我们试想过环航中可能会遇到的各种困难，但后来却发现，有一种尴尬是我们在环航之前绝对没有想到的，那就是这一路我们不得不一再重复这样的对话：

“Excuse me, is there any little souvenir which is NOT made in China? I mean, made by local factories?”

（请问，您这儿的纪念品有没有“非中国制造”的？我是说，一些当地生产的小玩意儿？）

“Well, there are some indeed, but, you know, those are not as cheap as these‘made in China’!”

（嗯，这儿确实有些“当地出品”，但是，你知道的，那可不如“中国制造”这么便宜啊！）

被我们询问的店主，准是注意到了我们的黄皮肤、黑眼睛，猜到我们正是来自那个遥远的“世界加工厂——China”，于是回答我们的时候，故意把“cheap”和“China”嚷得响亮，似乎连他都替我们这些来自“制造业大国”的人“倍感骄傲”。

坦白说，一开始，当我们在别人的地盘上，看见五花八门的“Made in China”时，心里还是忍不住有点儿沾沾自喜。觉得，哎呀，怎么把“China”印在别的国家的商品上，就那么好看啊！我们制造的东西能够遍布全球各个角落，

墨西哥的旅游工艺品

还真是厉害啊！

但是，随着船行渐远，去的地方多了，我们却感觉，自己的这点儿自豪之感越来越弱，心虚之感反倒日益清晰起来了。怎么回事呢？记得有一天，当我们正在伊斯坦布尔街头漫步，学弟孙乐天突然手指着大街上川流不息的车辆，很是感慨地说："哎，我怎么发现，咱们走了这么多国家，那些地摊儿上的、集市上的，都是'Made in China'，但你看看街上四个轮子跑着的，不是欧美的，就是日产的！"

乐天这一说，算是把我们都在想却又不愿第一个开口的疑惑给勾了出来。是啊，大家也很是纳闷儿，这是怎么回事？每次，当我们从一个地方游览结束回到船上以后，大家把购物袋统统打开，基本上，凡是十五欧元以下的小东西，70%都是"Made in China"；十欧元以下的，比率则升至80%，而五欧元以下的，不用看，99.9%都是“Made in China”。这一点，是我们用实践证明的。因为每到一个地方，大家的首要任务就是直奔地摊儿、小店，挑选便宜的冰箱贴，作为环航的纪念。很快我们就发现，全世界三欧元左右的冰箱贴都有一个共同的名字——“Made in China”。到最后，我甚至觉得，中国美其名曰“制造业大国”，倒不如叫“冰箱贴大国”来得准确。因为，像机械类、电子类、数码类等科技智能型商品，在国外，基本上就是“Made in China”的绝缘体。

除了这类利润极低的廉价商品，还有一类“Made in China”并不完全属于“劳动密集型”，只是它们在设计、研发、物流、零售等高附加值环节，均由欧美日等发达国家掌控，仅仅把“生产制造”这一块最无利润可图的低端环节给中国。其实我觉得，说白了，就是变相压榨我们的大批廉价劳动力。因为真正是“Made in China”出来的利润，所占整体利润比最低，低到什么程度？低到与其他几个环节的利润一比较，几乎都可以忽略不计。

等我们到了墨西哥的曼萨尼约港口的时候，已经是环航的最后一站了，大家纷纷想着，抓紧这最后的“外国时间”，来还清前面几站欠下的礼物清单上的债。可是结果呢？对于“和平”号邮轮的乘客来说，真是几家欢喜几家愁啊。因为但凡走进一家当地小店，费了半天劲儿，挑得眼睛都花了，好不容易看上一样有点儿特色价格还不贵的小东西，抬头一问售货员，或者低头一翻吊牌，还是“Made in China”。日本乘客当然觉得无所谓了，大不了他们可以拿着“Made in China”的小礼物，骄傲地告诉亲戚朋友，自己没去墨西哥，是去中国旅行了一趟嘛。但对于我们几个中国乘客来说，总不能回去后等着听亲戚朋友纷纷抱怨说，都是环游世界的人了，一点儿国际眼光都没有，跑了20多个国家，居然还给我们带回一堆“Made in China”来！太可恶了！

唉，怎么办呢？于是乎，在曼萨尼约太阳能杀人的大街上，我和学弟学妹，还有带队的欧阳老师，只好无比“悲壮”地，撑着伞流着汗，满世界乱窜地找寻“Made NOT in China”的踪迹，心里愁得呀……

现在想来，我依然很是以自己“孔融让梨”的精神为荣，因为事后，千辛万苦才找到的“当地出品”的小纪念品几乎都拱手送了人，到最后，只有那一包引发了我们深刻思考和讨论的“Made in China”的冰箱贴被我特别完整也特别珍惜地保留了下来。

这一枚一枚冰箱贴现在都在我家大冰柜上招摇过市，每次看到它们，脑海里情不自禁地会想起那些醉人风光和异域风情，从而春风得意一番。但是有时，在我凝视着它们的时刻，我也会正儿八经地去想一想作为一名有爱国之心的大学生，也作为一名有公共意识的社会公民所应该去想的一些事情。

最后一站，曼萨尼约

潘国锋

13日的中午，隐隐约约地能看到前方出现了许多大型货轮，细细一数竟有20艘之多，不用说，肯定是在排队进港。船方一再和港口交涉，甚至日本旅游局也在和墨西哥旅游局方面沟通，终于给了我们相对于货轮的入港优先权。

这里的海面同样是蓝色的，和阿卡普尔科不同的是，这里的海面看起来并不是那么干净，植物、塑胶瓶等漂浮物应有尽有，看得出来，飓风过后，这座城市伤得不轻。

船停在了一处开阔的海湾，离沙滩两公里左右，飓风刚走，这里的天气好得

墨西哥曼萨尼约港口

墨西哥港口的早晨

不得了，墨西哥似乎永远都不缺少蓝天白云，眼前这座城市不是很大，没有阿卡普尔科那样从山腰一直延伸到海滩的城市规模。到了下午5点，船才再次发动，像一个放学后的孩子一样，开足马力，直奔港湾。

我在甲板上看船进港，巧的是，港口后面的那座山似曾相识，细细一想，这个码头和越南的极为相像，第一站和最后一站的相似，这难道真是一种轮回巧合？三个月早就过去了，刚刚起程的时候，充满着好奇与新鲜感，而现在，这颗旅行着的心明显有些累了。

下午能下船是乘客与船方理论争取而来的，出于安全因素考虑，最初是不允许登岸的，毕竟这里刚遭了灾，况且墨西哥的治安环境本来就不是很好。顶不住乘客们的抗议，在和当地警察协商后，才将我们放出船，而那些原本在阿卡普尔科下船，计划到曼萨尼约登船的乘客们在这里滞留了五天后，终于提着大小行李，回到了船内。

在一个当地人的引导下，我们坐上了当地的公共汽车，这种车早在巴拿马就见过，像东风卡车一样的车头，后面则是巴士的车身。车费是多少也问不清楚，这里是西班牙语的世界，英语根本就行不通，一行10个人的车费，每个人递过去10美元，找回来50墨西哥比索，每人大概五美元。在车上有一位墨西哥大叔坐在我的旁边，他说自己在美国长大，到墨西哥才10年，这里没有多少人和他说英语，今天终于碰上了，所以聊得比较愉快。

我们实在饿得不行了，看到一家名为“龙胜”的中式快餐厅后，眼睛里就立即冒出了绿光。老板是广东人，我向他要了一份炒面和一份米饭，他说：“吃这么多啊？”我说：“对啊，好不容易找到一家中餐馆，不吃多点儿哪对得起肚子啊！”老板笑了。

又是吃炒面，感觉味道和上次在新加坡牛车水吃到的有点儿像，难道一切都是循环？开始和结束都是那么的相似。老板给了我十足的分量，最后真的是吃撑了，我去拿辣椒的时候老板问我怎么吃这么多辣椒，我说湖南人嘛。他说要是早知道你是湖南人的话炒的时候就给你多放辣椒了，说罢大笑。

吃完后，和老板合了一张影，在墨西哥还能吃到这么正宗的中华炒面，快哉！快哉！

回船的时候10个人打了三辆出租车，每辆五美元。这里的物价着实不高，麻烦的是向司机大叔解释我们要去的地方，port（港口），他们听不懂，ship（船），同样是一脸茫然，最后只好画了一艘船，大叔才终于明白我们的意思，拍着我的肩膀，极为热情地示意快上车。

车在曼萨尼约街道上疾驰，等到开过一座城市中的桥梁时，街灯照得我一脸

墨西哥曼萨尼约是世界旗鱼之都

曼萨尼约的海滩

淡黄。已经是深夜了，只有并肩驻足的两三个行人在路上，一辆辆车从眼前驶过，一种极为奇怪的感觉出现了：这就是墨西哥吗？这真的是墨西哥吗？我以为这是中国的某个地方，但这确实是与中国隔着大半个地球的墨西哥。来一趟墨西哥挺不容易的，在国内办理墨西哥的签证很麻烦，尤其是对年轻人的签证程序极为烦琐，毕竟墨西哥那边就是美国，每年从这里偷渡到美国的案例不在少数。

14日在这里停留了一天，上午我并没有走太远，沿着昨天的路继续走了一段，零售店前几个年轻人笑着问我要不要打电话；女孩儿抱着小狗走进了屋子，转身熟练地锁上了铁门；走过低矮的屋墙，走进一家文具店，女老板面无表情地站在身后；电线杆上贴着汉语培训的小广告，还有那像胡须一般写着联系电话的纸条；一家售楼处的接待大厅里，几个人端坐在计算机旁，身后是一幅蔚蓝色的世界地图；零食店里并没有我想要买的东西，店外，两家摊主守着自己的食品摊位，但是无人问津……

傍晚，往附近的沙滩走去，同船的一群日本青年男女在这里打闹，我看了看就走开了，一是因为不是很熟，二是他们的这种气氛我实在融不进去，即便去了也只有赔笑脸的份儿。一个人走也挺好的，我便独自走上这片沙滩。

在青岛，我很少去沙滩，不超过10次，真的为自己没有好好静下心来看看大海而感到遗憾。世界上的海滩都一样，海浪席卷而来，以巨大的力量将沙滩一次次地抚平，我在上面写下几行字，海水一来一去，刚刚的字迹荡然无存。突然想起了好友的一句话：大海就这样一拍一拍地慢慢起伏着，于不知不觉中却改变了一切。

在一座布满涂鸦的灯塔下面坐了很久。灯塔屹立在石子路的尽头，两侧都是不规则的人工岸礁，一对情侣在夕阳前面依偎，长木椅上空无一人，只有一个精美的红色纸盒，灯塔下面有一个流浪者，旁边是他的破背包……我站到了一块石头上，夕阳把影子拉得老长，那几个大烟囱依旧向空中喷着烟雾，一艘艘巨轮从身旁驶进港湾，掀起的巨浪不断拍打着岸礁，还有一艘军舰正在向外海开去，曼萨尼约港属于军民两用，因此在这里可以看到很不同的景象——客轮、货轮、军舰统统在此停靠，旁边还有个军用机场。

一直到太阳完全落入海中，旁边来了兄弟俩，十七八岁的样子，牵着一条狗，想必这里是他们常来遛狗的地方。我们互相打了个招呼，无奈语言不通，也没法说什么了，我们就一直坐在那里，只是他们偶尔开口说几句话，再转过头来对我笑笑。

到港口过了安检，和王大姐开玩笑说，这是最后一次回船了，得慢慢走，等到了横滨之后就不用回船了。所以我们俩说笑着走三步退一步，她说干脆走两步退三步吧。一阵欢笑，一阵无奈，100多个日日夜夜，与“和平”号的朝夕相处，说散也就散了。

第八章
重返太平洋

【满载一船星辉】

【一路上所见的中国人】

【绕行一圈，回到原点】

满载一船星辉

潘国锋

离开墨西哥后，心情和以前大不一样了，毕竟前方没有既定的旅行地，只是在朝着一个已知的目标前进。

很偶然的一个夜晚，我正在甲板上散步，满头白发的李老太太正在一群人中间讲着什么，凑过去一看才知道原来她是在给年轻人讲天上的星座知识。这位老太太也是一位中国人，但是出生、入学、生活都是在日本，不会说汉语，能说明她是中国人的也就是那本中国护照了。

船行驶在太平洋上

在海上，除了船身的微弱光线外，四周是最为广阔的黑暗，这里像是变成了二维空间，只有海面与星空，如果不是那几朵飘浮在低空的云，水面和星空根本分辨不出来。每一颗星星都是那么美丽与闪亮，《泰坦尼克号》里的星星虽然是计算机特效，有点儿夸张，但是海上的星空真的比那还美。

天阶夜色凉如水，坐看牵牛织女星。看着眼前这位满头白发却活泼非常的老人，她的眼神里充满着童话般的诗意，她说从八岁开始就每天仰望星空，现在邻居的孩子们都来问她这是什么星星，那是什么星星，她用自己的言语，为孩子们讲述星空的童话。其实，我也是一个喜欢望星空的人，我记得小学五年级的时候，看到了月刊封底上的那架天文望远镜，就一直梦想着买一台，但是一直被那个“399元”的高额标价吓退没敢和父母说。慢慢地，城市的灯火取代了乡野的星空，近视眼镜一天天加厚，繁重的中学课业压得自己不知道怎么去喘息，似乎这个梦想渐渐地退去，不再抬头看那一颗颗眨着眼的星星。

在北边，北斗七星还只露出了五颗，等到后半夜就可以看到熟悉的“勺子”了。李老太太说，日本也有关于月亮女神的说法，但是不同于中国的嫦娥。在这个故事里，一对农民夫妇在劈开一根竹子之后，发现里面有一个女孩儿，这大概和桃太郎的故事相似，女孩儿长得很可爱，夫妇俩就一直把她养大，到最后，她成了仙女，飞向了月亮。

不知在漫长的历史长河中，多少美丽的故事就这样在人们仰望着星空的时候被流传了下来。在仰望星空时，古人创造了历法，绘制了星图，编出了动人的故事。在小小的地球上，我们属于不同的国家，我们有着不同的信仰。但是，只要是同在一片天空下，人们在看着星空的同时，心底里关于星空的美丽浮想都是一样的。

从那晚之后，我几乎每天晚上都去甲板，女同学们见我这几天星象知识大增后，也表示要来看。我带着一个射程很远的警用电筒，指向星星，就像在使用一根教鞭一样。夜空就是一块巨大的黑板，我站在“黑板”下告诉她们这是什么星、那个星座有什么故事。

有天傍晚，为了去看前一天晚上李老太太说的金星，我特意跑到甲板上去

太平洋傍晚的天空

太平洋上的云海

等，此时眼前的夕阳同样令我心生向往，太阳逐渐西沉至海平面以下，海水的颜色变得深蓝，变得淡青，太阳就像一个浮在石油上的球一样，似乎都可以看到海水在太阳的拖拽下因表面张力呈现出细微的弧度，太阳进入海平面以下，从开始进入到完全进入的整个过程大致持续了两分钟左右。

甲板的另一端，李老先生和李老太太在那里看星星。我原先一直以为金星是只有在太阳升起之前才出现的，所以它才叫启明星，但是事实并不是这样，更多的时候它是在日落时出现的。太阳落下去，天上的光亮部分呈现出扇形，慢慢的半径逐渐缩短。李老太太突然说："VENUS（金星）."我顺着她手指的方向看过去，第一朵云和第二朵云之间，果然有一颗星星，很明亮，在橙红色的天空中依然那么显眼。

我问李老先生："这个时候出现的只有金星吗？"

他说："不是，这个时候出现的只有金星和水星，金星更亮，水星肉眼很难观测到。"

“不会再出现其他星星了吗？”

“不会，只有金星和水星，只出现20分钟左右，之后就和太阳一道沉入大海了。”

看着夜空中的繁星，我感到人类的渺小，每一颗发亮的星星都有可能是一个太阳或是一条银河，我们每个人只是银河系里太阳系八大行星中最小的那几颗之一的星星上的20%的土地上的60亿分之一，渺小得何值一提？所以有位登上太空看着整个地球的宇航员会被震撼到流下眼泪。地球走了快一圈了，这艘230米长的邮轮一步步地丈量过海洋的躯体，也丈量过地球的尺寸，绕行地球一圈才只用了100多天，地球有多小不难得知。

一路上所见的中国人

孙乐天

我一直想写这个话题，但是迟迟未能动笔。想了想原因，可能是我们大多只有一面之缘，不太好写他们，因为接触时间短难免会片面。但是我还是要把他们写出来，因为在他们身上，我学到了很多东西。

先从一路上的导游讲起。

新加坡的林导游是一位华人，祖籍福建漳州，是传统意义上的下南洋的中国人。一位50多岁的导游，从一上车就给我们不停地讲着，讲新加坡的历史，讲中国的变化。他说，中国改革开放后取得了举世瞩目的成就，在新加坡的中国人同样没有给祖国丢脸。今天新加坡取得这样的成绩，跟中国人的努力是分不开的。在他的话中，始终可以感受到他作为一名中国人所具有的民族自豪感。不管是什么国籍，持哪国护照，在哪个地方工作生活，都不要忘记自己是中国人。确实是这样，在国内感受不到什么，但是迈出了国门，心里首先想到的是祖国，因为祖国强大了，每一个在外的中国人脸上都有光，同时也时时提醒自己，自己的脸上永远写着“中国”二字。

约旦的沙导游是一名三十五六岁的中年男子，来自甘肃，阿拉伯语与阿拉伯史专业，在国内大学学习了半年后来到约旦留学，后来就留在约旦的外贸部门工作。在交流中我们渐渐熟悉了起来，我见他是个很豪爽的人，于是话题的范围也越来越宽。先聊他的学生生活，再聊当地的习俗，最后聊到他的工作。他说他喜欢阿拉伯语，喜欢约旦，虽然背井离乡，但生活得很充实。其实能找到一个喜欢的地方、喜欢的工作就很好，只要自己喜欢，又何必在乎他人的评说呢？孤零零的一个人在约旦生活，我很佩服他的勇气。其实不光是沙导，我觉得我遇见的所有在海外生活的人，都是有胆量的人。他们似乎不安于生活的固有安排，通过自己的努力为自己找到了另外一个归宿。

在希腊的彭导游看上去30岁左右，来自山东青岛。得知这一消息后我们有了种老乡的感觉。他18岁独自来到希腊上大学，学习希腊语，然后留在这里当导游。希腊慢悠悠的生活节奏他还是很喜欢的，听他说他已经是当地旅行社的经理，看来他的事业还是蛮成功的。

芬兰的导游姓郝，因为是东北人，身上带着东北人的豪爽。他渐渐和我们熟悉后，便聊起了自己的经历。他大学毕业后来到芬兰留学，得到硕士学位后，先是在欧盟旅游局上班，后来又考取了导游证出来做导游。谈及留学时，他说他当时的日子很苦。由于家境并不富裕，他只能在芬兰打工挣生活费，捡废品，在餐厅当服务生，这些他都做过。毕业后做导游，有了份不错的收入，后来结婚、买房、买车。他没有透露他的薪水，但是从他的私家车是奥迪A6这一点上就可以知道他的收入很高。不过他也说了在芬兰的一些苦闷的地方。他说当你得到了一切想得到的东西后，生活便会失去动力。在芬兰，人口稀少，中国人更少，当地人之间的交往又很淡，有点儿孤独，他说在这时就更加想念中国了。

挪威的M导游来自湖南，她的经历颇有意思。她在湖南做导游的时候接待了一个来自卑尔根的旅游团，她跟这些挪威人相处了一个星期，聊得很投机，竟跟着他们一起来到了卑尔根。她说那些游客对她很好，2003年她结婚了，尽管当时“非典”肆虐，那些卑尔根的游客还是到中国来参加她的婚礼。不过她也谈到了她的坎坷。她的大儿子不幸夭折，金融危机时她和丈夫经营的股票暴跌，欠了一大笔债务。这些对于她来说打击很大，尤其是她儿子的夭折。不过她说这些的时候还是很坚强的，没有叹息，没有抱怨，对于生活她很乐观。

谷老师是重庆人，在船上教我们六个学生学日语，教日本人学汉语。从最基础的开始学，我到最后竟能和日本人简单地对话了，在东京买东西的时候也能用日语问价钱了。谷老师多才多艺，除了教日语，她还教我们唱日文歌。在我学跳舞的时候，舞蹈老师是用日语教的，我听不懂，谷老师会跳，她就单独在旁边教我。谷老师有时候不在，就有很多日本人耐心地教我跳。我以前一点儿都不会，从零开始，学得很慢，跳得也不好。舞步越来越复杂，到了最后学探戈的时候，我彻底失去了信心，可是那些日本人还在一点一点地教我，我都觉得自己有点儿“朽木不可雕”的感觉，自己的成绩实在对不住他们。舞蹈老师和谷老师是好朋友，她还专门给我开过小灶。他们这样照顾我一个来自中国的学生，我打心底里感激他们。

在谷老师的课上才知道，我们很熟悉的歌曲，像邓丽君唱的《我只在乎你》，周华健唱的《花心》等都是由日语歌曲翻唱来的。在汉语课上，谷老师教日本人唱中文版，在日语课上教我们唱日文版，同一旋律，不同歌词，一遍日文，一遍中文，唱起来很有意思，由此也可以看到中日文化的密切交流。

下船那天中午，我到谷老师的房间去找她，让她在送我的条幅上写句话。写完后，她签上了她的日文名字，又写上了以前用的中文名字。她叹了口气，说：“这个名字没什么用了，还是写上吧。”我听了心里酸酸的。我想这句话道出了所有华人旅居在外的酸楚，我接触的很多在外的中国人都多多少少有这种感觉：外国不论条件多好，终归不是自己的家。正如郝导游所言：“这里（芬兰）再好，也是人家的，不是自己的。”诚然，他们由于种种原因，种种机遇，出国学习、工作、定居，或许通过自己的奋斗，获得了很不错的待遇，个人的发展比在国内要好很多，但是这些都是物质层面上的。在精神层面，终究不能产生归属感，因为离开了打小儿成长的环境，总会有一种漂泊感。这种漂泊感是很难消除的。在世界各地，有千千万万的中国人，他们的生活是辛苦的。在海外，他们始终代表着中国，世界通过他们来了解中国。他们始终没有忘记祖国，我想祖国也不会忘记他们。

向他们致敬！

绕行一圈，回到原点

潘国锋

11月1日，“和平”号在清晨驶入了东京湾，但明显离岸边还很远，看不到岸上的房子，但是可以看到岸边的山。天气好得出奇，白云不是一朵一朵的，像是游丝一般，在天空中被风拉扯成丝状，一条一条的。旁边的池田女士告诉我这是火山云，在日本很常见。

去吃完最后的早餐后，我把从国内带过去的一个平安符给同桌的那位90多岁的老太太，她认识上面的“平安”两个字，然后说了一大堆，尽管我不知道她在说什么。

老太太是个教徒，带着两位徒弟一起上的船，可能是拜太阳教吧，因为经常看见她们三个人在朝着太阳的方向击掌叩拜。她让旁边的徒弟拿出几支笔送给我，还拿出3000日元，塞进我的手里，说拿着这些钱到机场后喝杯咖啡吧。

来到八层，山田先生说现在可以看到富士山，在左侧可以看到。来到左边的走廊里，往远处望去，海平面上隐隐约约果然可以看到一座极为对称的锥形山体，和在意大利西西里岛看到的埃特纳火山很像，3000多米的高度直冲云霄，但是在我的眼里，这只是一座位于地壳活跃带上的普通的休眠火山而已，无法拥有像日本人那样对这座火山的感情。

因为船上出现了乘客死亡的事件，所以“和平”号还不能直接进港，只得停在外港。一艘海上保卫厅的警察船开到“和平”号下面，一队警员上到船上来调查取证什么的。

日本港口的远处隐约可见的富士山

下午4点的时候，船慢慢掉头开动，那座出港时看到的通体洁白的大桥就出现在眼前，和所有的海上大桥一样，我依旧跑到甲板上去看船头穿过桥底时感觉即将撞上的假象。这是多么神奇的一次旅程，从这里出发，三个月之后又回到了这里，记忆里多了多少东西现在要一口气说出来是不可能的，在以后的生活中，它们会慢慢地显现出来，这就是环球航行的意义吧。船穿过大桥的时候，岸边的巨幅广告牌上写着“さとうのふるさとう”，我不知道这是什么意思，佐藤的故乡？但是第一眼看到它的时候，就很自然地把它念出来了。

有几个人举起相机将镜头对准了我的脸。拍吧，可能我们不熟悉，但是也请留下我的光影吧，以后看着照片的时候，知道“和平”号上曾经有这么一个中国学生就可以了。

日本人在船上欢呼，航站楼顶全是来接船的亲朋好友，但是他们与我无关，没有人来接我。我退了出来，来到了船舷的另一边。太阳西下，耀眼的金黄阳光洒满整个横滨城，隐藏在房屋后面的富士山又显现了出来，此时的富士山是夕阳下很清楚的剪影。

三个月前，一条长达五万公里的海路就在眼前铺展开，梦想从横滨始航，“和平”号载着一个涉世未深的少年一路远行，最终又回到这里。

11月1日，横滨就在眼前，起点变成了终点，又回到了刚出发时的那片海域，蔚蓝的太平洋不再是出港时那样炎热，相反，现在站在这里都有点儿感到海风丝丝的凉意。好一个时空转换，从盛夏到深秋，带回来的不仅是更加沉重的行囊，还有那充盈脑海的点滴记忆。

甲板上聚集了很多人，有给家里人打电话的，有互相拍照留念的，还有几个小时就下船了，甲板来一次少一次。我来到了顶层甲板，沿着甲板再走上一圈儿，再去感受一次来自海上的风，但是此时眼前已经不再是一眼望不到尽头的汪洋大海，而是岸边不远处的盒子式的建筑。

王菲的歌唱得真好：“有时候，有时候，我会相信一切有尽头，相聚离开，都有时候，没有什么会永垂不朽。”我唱完后，森千鹤子在后面鼓掌，老太太弯下腰来，我也回礼致意。

看过一遍世界之后，应该变得更加从容和淡定的，但是我还是不能控制住自己的感情。中午，我和曾根太太聊了一会儿，我说我想去印度，她立即很紧张地说以前有一位日本女孩儿在印度被骗了，喝了带迷药的饮料，结果丢了护照，丢了所有金钱，最后还要国内给当地大使馆打钱过去才能够回来。她一再叮嘱我要谨慎小心。

我以为她只是说说而已。

我说：“一起去吃饭吧，1点的时候还要收拾东西呢。”

她欣然答应了。

和曾根太太吃饭时，她始终催我快点儿吃，因为1点钟收拾行李的时候需要自己去贴上标签。她还慎重地告诉我取行李的单子很重要，没有那个单子就拿不到行李。老太太很是认真的样子，我笑着点了点头。

快吃完的时候，她说："好了，最后一顿午餐和你一起吃了，祝愿你在今后的人生中一切顺利、平安。"

我此时嗓子一紧，低下了头，没有回答，只是埋头装成寻找东西的样子，但是很明显呼吸变得急促，眼眶也变红了，曾根太太感受到了我的变化。我站起来，有点儿语无伦次，她说往哪边走呢？我说着这边，那边。

她看到我的眼眶红了，我也看到她那故作欢笑的眼睛里泛着泪光。回房间的时候，我差点儿把身上的笔给丢了，还落下了东西，直到那位侍者赶过来将东西还给我。我完全魂不守舍了。回房间的路上，在楼梯间哭了一阵，我将怎样去面对明天的离别，我知道我不能哭出来，只能在快流泪的时候，看着天空，让它再流回去。

回到房间之后不久，平常为我收拾房间的印度小伙子奥塞登，还有在里贝罗房间见过的那个印度人过来搬行李了。在很远的地方，奥赛登就大声喊了一句："潘，你的行李。"

他们今天没有穿工作服，而是穿着普通的T恤休闲装。一阵忙活之后，四个大包全部被拖了出去，从此房间里再没有任何关于我的东西。

最后一个晚上我独自坐在走廊里，曾根太太突然来了，她说："你是在等我吗？"我说不是的，但是我还真的要找您。我把下午做的一个小礼物给了她。她慢慢展开，看着后面我写的东西，边看边笑。她也塞给了我一件东西，我没有当场拆开。

她又重复了对我去印度的担心，说一定要小心，饮料一定要自费买。

最后，她要回房休息的时候，再一次说道："就到这里吧，祝你前程似锦。"

她走远了，我打开她给我的信封，里面装着一封信，还有20美元。里面的便条用繁体汉字写着：

三个月来第一次看到你寂寞的表情，你的可爱微笑消失在太平洋海浪里了？印度冒险之旅，不如“和平”号上之十全照顾，饮料酒水，做小践行，祝平安。

我把自己最喜欢的几件T恤折叠好，纽扣上系上红色的中国结，带着自己在船上画的几幅画，到三层去和印度好友里贝罗他们告别。

当我把包好的衣服送到他们手里时，里贝罗的一句话让我现在都难以忘记，他说：“从来没有哪个乘客会送礼物给我，你的这件T恤尺寸可能对我而言太大了，但是我会把它放在我的衣橱里，看到它就看到中国的你了。”

我也不知为什么，对于印度、对于印度人有着极大的认同感，和他们在一起我可以不用像和日本人在一起时那样拘谨，我可以打开心扉畅谈一切，即使语言有时候是个障碍。认识他们之后，从此印度在我心里就不会是一个与我无关的国度。里贝罗他不怎么懂得什么叫缘，我这样向他解释：汉字“缘”就是一种可以把陌生人联系到一起的力量。这个字源于佛教词语，印度人肯定会懂，毕竟，印度是佛教的发源地。

是时候说再见了，一定能够再见面，也许在中国，也许在印度。

夜幕降临，正是下船的时刻，共同相处了三个月的人们，由陌生到熟悉。曾经一起仰望澄澈如水的星空，一起注目西边发红的晚霞，一起等待海豚们腾跃而起，而此时大家正忙着做最后的告别，有泪水，有欢笑，也有约定。我沿着甲板走了最后一圈儿，提起行李走出了船舱。横滨的夜色灯火阑珊，但我只是这里的过客，明天，我将告别这一切，回到属于我的那一片土地上去。

离开的时候正是盛夏，回来时却秋意盎然，瑟瑟秋风里透着刺骨的寒意。在这段特殊的旅程中，在每一处人类文化遗产前，在欧洲古老的都市之中，在沙漠里，在丛林中，在教堂前，在清真寺里，地球很小，但是世界真的很大。

离船的时候，一位日本友人送给我几幅书法作品，那是日本文学中的俳句，大意是：中国学生，我们共同唱起歌谣；太平洋夏日夜空，木星熠熠闪亮。

我在憧憬着，什么时候我的祖国也能拥有自己的“和平之船”，到那一天，我们会邀请老朋友登上我们自己的“和平之船”，再一起注目天际渐红的晚霞，再一起唱起歌谣，再一起看海豚腾跃而起，再一起仰望太平洋的星空，木星熠熠闪亮……

就像是做了一个梦，梦醒来的时候，我已经在秋雾浓厚的高速公路上，从北京向青岛驶去。高速公路的尽头，日出东方，我怀念无数次在“和平”号上看到的绮丽日出。

写在结尾

关于收获，关于未来

【阳台之用】

【港口，已是我心中最美的音符】

【亲爱的别焦虑，世界比我们想象中宽容】

【关于旅行，也关于信仰】

【环球航行真正的意义】

阳台之用

高晴

阳台，你的阳台做什么用？

我家有两个阳台，一个用来晒衣物，一个晒藤椅、晒玻璃小桌、晒堆叠其上已然落满细灰的茶具摆设。还有，晒呆滞空气中的悬浮颗粒物，无数。

是的，就是不晒人，因为人很忙。何况人忙一天终于得闲休息时，这屋子从上至下里里外外，各式待命的消遣物、休闲场已然各归各类候在那里了：沙发电视——视听场；小院石桌——夏日首选乘风纳凉场；各种健身活计——运动场；躺椅脚盆携散落一案的各类书，冬日最盛，双手压一本书在胸口，好虔诚的睡姿——昏睡场；最不受时空限制的高科技产品——手机电脑辐射场，起初是笨重台式电脑前的身未动、心已远，一路发展到后来彻彻底底的，平板电脑在手、身随心动。

所谓阳台，应是孩子的玩乐天地，是人与太阳的沟通平台。人立于阳台上，本该是让全身毛孔接触空气畅快淋漓地自由呼吸，而不应是被包裹在一层又一层的保护罩里，透过玻璃去迎接太阳的光芒，想象夹带着青草气息的新鲜空气。

所以环游世界一圈，我喜欢看不同国家的人怎样来装饰与支配他们的阳台。观察着，陶醉着，感受着不同的生活文化气息。

2011年8月2日、17日，我分别在科伦坡、开罗，未多驻足，只限于在大巴车上，透过玻璃窗窥探这两座城市。一幢幢楼掠过，一扇扇窗闪过，幸又不幸，行驶在两座城市的街道上时皆堵车，尤其在开罗，驱车前往埃及国家博物馆的途中竟上演世纪大堵车！走走停停间溜走的时光里，我臆想是否木乃伊也为我着急，图坦卡蒙金面也变得黯淡？而幸运的是，在等待的漫长过程中我不仅透过车窗用眼睛看到，还用相机留下了那一幕幕景象：家家阳台飘满衣。

科伦坡，名副其实的乌鸦巢城。时不时听得空中呱呱一片，探出头，抬眼便看到黑压压一群乌鸦似芝麻撒过。这鸟在空中飞行时如此气势凌人，阳台更是其称霸炫耀的好据点。我们的车途经一处阳台时，阳台的晾衣绳上可不就有一只。它撅着肥大黑亮的腚对着过往行人，其他部位皆隐于腚后，让人一眼看去好不吃惊，以为是一个梳着闪亮黑色大背头的男人将头架在一条四角裤上！罢了，国鸟神圣不可侵犯，侮你吓你奈若何。而炙热、干旱的开罗，即便居住在市区，用水照样受限制。中文说得很溜的穆斯林导游不似戏谑地告知我，要省着点儿用水，少洗多晒。于是，透过车窗我看到埃及阳台层层叠叠飘悬满白床单白背心，真是充实又无奈，既是这烈日惹的祸就还交由它负责吧。

8月23日，车行雅典。街道两旁楼房不过三五层，却层层培花育草，处处散发清香。主干道上一栋白色办公楼模样的建筑最为突出，外面似波浪起伏的廊道上竟有绿树栽植，且长势喜人地将上下两层间隙顶了个满格。好一个空中花园，真看得我又惊又喜。之后我们逛普拉卡老街商业区，普拉卡即石板。走在早已被无数双脚踩磨得平滑发亮的石铺老路上，感受着卫城远古静默注视下的世俗惬意，无意间已走出商业区，行至邻近的华人区。各样汉字书写的招牌点缀着这静谧的住宅街区。抬眼望去，满目窄小多搭棚的阳台上，不是青葱浓绿装饰便是桌椅风情。暗里我竟萌生一种欣慰，为此刻也许正在里面午休的华人同胞。他们毕竟是入乡随俗，习得了些阳台上的生活艺术——希腊人的慢时光。

我们“姐妹闲逛小分队”遵守约定于日暮时起程回“大本营”，人手一张1.4欧元便宜又快捷的单人小火车票。我习惯倚杆正对车门而立，为的是在每一次车到站、门开启的短暂间隙里，能调动所有感官多感受、再多感受一点儿这异国的气息；多看、再多看一点儿这外面的世界。于是我目光敏锐捕捉到一处绝佳风景：一处阳台。面向铁轨的居民楼高层上，一处阳台上有四位中年男女在举杯欢笑。其中一个男人穿着白背心，头发稀疏可数，起身时我看到了他微凸的肚腩。

我猜他是这处阳台的男主人，围圆桌相对而坐的应是前来做客的好友夫妻。也许他们两家好久不曾相聚，又也许他们只为了那日那时的落日余晖、惬意凉风。火车急速驶离的一刻，我见他们扬臂起身，四杯相撞欢颜绽放的快乐，“干杯！”我竟脱口为他们配音。

所以，阳台成为得以窥视他人日常生活碎片的窗口，从此处，这些记忆碎片为观看者与被观看者所共有。能够在阳台上制造美好，动静皆宜，只因你与阳台相互美化。

8月25日，在西西里岛卡塔尼亚，我偷得小半日独闲信步时光。这段记忆令我印象深刻，因我当时在宁静的古城街巷中进行了一场轰轰烈烈的心灵独立革命。拜人生首次异国街头只身行走所赐，我获得了前所未有的勇气。另一方面，这场革命的见证者，古巷居民的目光实在温柔，行走其中，最后一丝窘迫感也悄然离去，而额外获得的勇气，足以令我的努力事半功倍。街对面楼三层阳台上，坐在椅子里钩织的老婆婆、倚栏畅谈的中年男女、换上居家服走出的年轻单身男人，这些巢居者、见证者的目光如此温柔，有意无意地瞟过来，与夕阳柔光相交在一起，将我这异乡客包围其中。

简·雅各布斯的街道监视者理论指出，安全而富有生命力的街道上，每一扇窗下都是一双象征街区归属感的负责任的眼睛。在这里，我是窥视者也是被窥视者，是其安全系统的促进者也是享受者，我更是阳台人情美学感恩者。

9月30日，关于鲜花，关于色彩。哥伦比亚卡塔赫纳，16世纪西班牙人漂洋过海把欧陆巴洛克风格建筑群，甚至背巷里我目光瞥及处，门洞面街、花钵挂满墙的内庭院式民居都依样带了来。落地且生根，木质围栏、波浪状起伏动人的阳台上，九重葛红花盛放，不盆栽不吊篮的藤缠枝簇，滋蔓着无尽野性与热情。它是月白墙配湖蓝窗、粉墙配橘橙、明黄墙棕栏绿叶缀紫红，马蒂斯的画，宁静的奢享。

美丽的巴黎女郎被从白到黑的梧桐大道映衬得愈发美艳，可知在建筑中存在的人是主角，建筑要成为使人突出的背景，因此城市色彩，不动产要中间色最好。可是列维·斯特劳斯笔下《忧郁的热带》中，回归线上的南美土著居民世代

哥伦比亚卡塔赫纳老城区开满鲜花的阳台

承袭勾绘脸谱的传统。卡都卫欧族少女脸上，图案似花团锦簇、枝叶蔓延，是否卡塔赫纳的别样缤纷也可同样解读为，他们将自身的存在投射在这外界的绚烂繁茂中去了？于是，阳台升至不可考的信仰范畴。

阳台，你的阳台做什么用？

港口，已是我心中最美的音符

孙乐天

乘船旅行，必然跟港口密不可分。我的专业是港口航道与海岸工程，对港口比较熟悉。下面是我所见到的几个印象比较深刻的港口。

最豪华的港口——横滨港国际客运中心

第一次来到横滨港客运码头，当时的感觉就是很震撼，因为那个办理手续的大厅比首都机场的大厅还漂亮。可能是第一次出国吧，心想发达国家的基础设施就应该是这个样子的。但是走了一圈儿，去了20多个国家，再次回到横滨港的时候，发现横滨港的客运码头是最豪华的。尽管像新加坡港、希腊的比雷埃夫斯港、巴塞罗那港、圣彼得堡港等港口也有客运码头，但是像横滨港客运码头这样壮观的很是罕见。

日本横滨港

日本傍晚的横滨港

横滨港客运码头长480米、宽100米，在2002年完工。这个码头在结构上是一个高桩码头，因为面积很大，所以看起来很壮观。

横滨港客运码头的美，在于它的候船大楼。我听一个在横滨港务局工作过的人说，这个候船大楼的设计费用是146亿日元（现在约合12亿元人民币），是由英国建筑设计公司——FOA建筑师事务所设计的。这个客运中心并不高，因为当时设计者考虑的是建得太高会挡住横滨市的景色。从外观上看，整座建筑像一艘大船，一层是停车场，二层是服务大厅，屋顶是一个公园，上面有大片的绿油油的天然草坪和木制地板铺就的看台。整个客运中心的装修材料主要是木材，候船大厅是清一色的木质地板，这些木材全部从加拿大进口。整个候船大厅中见不到楼梯，全部是无障碍通道，这样设计的好处是使得搬运行李非常方便。

横滨港的美，不仅仅在于客运码头。客运码头后边的城市景色也甚是美丽。站在邮轮上放眼望去，一座巨大的摩天轮矗立在那里，那是海滨公园。不远处就是日本第一高楼——高达296.3米的Yokohama Landmark Tower（横滨地标大厦）。另外，这里有很多旧时的西式建筑，充满了多种文化的交融，处处洋溢着异国情调。

横滨港的美，还在于那座有着“空中走廊”美誉的港湾大桥。这是一座钢结构斜拉桥，桥身似彩虹般美丽的曲线从远处看起来非常漂亮，同时又符合力学的规律，在保证技术与美观的同时又降低了成本。这座大桥还是双层的，上下都可双向通车，中间是桁架连接。建筑工艺非常高超。

交通是影响一个港口发展的关键因素。至于横滨港的交通优势，自不必多说。横滨是东京的外港，到东京只要40分钟的车程，去东京机场也不过90分钟的车程，在横滨海边就能看到要向东京机场降落的飞机。走在高速公路上，车流量虽然很大，然而良好的交通秩序使得开车也变成了一种享受。

最繁忙的港口——巴塞罗那港

最初听说巴塞罗那是因为那个被称为“宇宙队”的巴塞罗那足球俱乐部，现在亲身来到这座美丽的城市，心情无比激动。巴塞罗那是地中海沿岸著名的旅游胜地，其客运港的建设自然也是非常豪华。往常我们下船都是从五层把一悬梯搭在码头上，径直走下的，而在巴塞罗那，我们是在邮轮八层直接从空中通道下去的。下了船，我有幸见到了挪威的“Norwegian Eric（挪威艾利克）”号和荷美集团的“新阿姆斯特丹”号两艘豪华邮轮，在它们的映衬下，我们乘坐的39 000吨的“和平”号就像一艘小小的游艇。当日，结束了在市内一天的旅行后，站在“和平”号的八层甲板上，我看到在这个港区内至少有六艘邮轮，从体积上看应该都是万吨级的，其中不乏86 000吨的“新阿姆斯特丹”号和155 873吨的“Norwegian Eric”号。在港区内，不断有邮轮进进出出，我同不同国籍的人用不同的语言打着招呼，大家都很热情，仿佛是一家人。抬头看去，只见一架架的飞机起起落落，望着远处的巴塞罗那地标——巴塞罗那之脸和蔚蓝色的地中海，不禁感慨欧洲旅游业的发达和人们对于生活的享受。

沿途风景最美的港口——阿姆斯特丹港

北海运河两岸的景色是我此次航行中见过的最漂亮的田野风光。当船离开码头后，就进入了北海运河，河的两岸是风景如画的田野风光：在夕阳洒满金色光辉的黄昏中，绿油油的草地、小巧精致的房子、窄窄的柏油路，加上没有污染的湿润的空气……看着这一切，我仿佛在童话世界里漫游，如此的静谧与安详，让人不忍离去。

因为阿姆斯特丹的地势低于海平面，在出运河进入北海之前，得经过一段船闸。也是因为这船闸，阿姆斯特丹的两岸可以基本不受波浪的影响，受潮位的影响也比较小。

最天然的港口——卑尔根港

走过这么多的港口，卑尔根港的自然条件应该是最好的。在一个长长的峡湾的最深处，其水面真的可以用光滑如镜来形容。这样的港口，完全没有建防波堤的需要了吧，应该也不会淤塞。

港口外两岸连绵的山峰，颇有几分三峡的味道，加上山脚下精致的红色小房子，不禁让人联想到了北欧的童话，如梦似幻。

最霸气的港口——圣彼得堡港

来到圣彼得堡，让人见识到了什么叫地大物博，而圣彼得堡港的布置自然也是恢宏大气。汽车在港区内行驶了好长一段时间才驶出港口，而那个长长的顺岸式的码头后方，竟是一大片宽阔的草地，因为整洁，丝毫不显荒凉。这跟紧凑的横滨港是完全不同的两种风格，不禁令人感叹“苏联老大哥”基础设施的完善。这样的港口，只能用“霸气”来形容。

俄罗斯圣彼得堡港

最寒碜的港口——危地马拉夸特扎尔港

从富裕的欧洲大陆来到南美大陆，巨大的反差让人真的一时有点儿适应不了。在危地马拉，我们的船竟停靠在了一座蝶形布置的码头。

那座码头看起来很小，引桥非常短，就这样我们来到了这个以神秘的玛雅金字塔闻名的国度。如此的港口，只能用“寒碜”来形容了。

环球一周下来，有一个很深的感受：在经济比较发达的国家和地区，邮轮正作为一种新的出行方式，被越来越多的人所接受。一艘豪华的邮轮，就像一个浮在海上的流动的五星级宾馆。而在我国，尤其是大陆，能够乘坐邮轮这种新的交通工具出行的人却非常少，而在香港和台湾地区，乘邮轮度假就比较普遍。而随着我国经济的发展，在不远的将来，这一定会变成一种趋势，这就对客运港提出了很高的要求。像横滨港客运码头，就很值得我们学习。在希腊比雷埃夫斯港，覆盖了免费的无线网络，而且信号非常好，在那里，人们可以跟家里人在网上正常通话。另外，在港口大厅中就有兑换货币的场所，这两点都给游客提供了很大的便利。而上次我在青岛港客运站接一位日本朋友时，就没能找到兑换货币的地方，这给外国游客造成了很大的不便。正是这样的一些细节，体现了一个港口乃至一个国家的软实力，而软实力正是我们当今亟待提高的一个方面。

亲爱的别焦虑，世界比我们想象中宽容

胡静一

我和身边的朋友都是踩着我们最熟悉的一条人生道路走过来的。上学读书数十载，掐指一算，还真是吓了一跳，几乎花掉了小半辈子的时间呢。到了大学以后，我们想着终于可以“我的人生我做主”了，但结果却是晃晃悠悠到了大四，才悲愤地“顿悟”，哎呀，糟了，上当了，原来大学不是人间天堂，“一毕业就失业”的现实，赤裸裸地呈现在我们面前。更有人拍拍脑门儿，觉得自己好像在某一刻丢了自己的那缕“魂魄”，不然怎么曾经的梦想，忽然就人间蒸发了呢？心中少了一份热情和执着，开始慢慢觉得，“做梦”是傻瓜才干的事。

于是，走亲访友，请客吃饭，调动各种资源，利用一切关系，找到一份内心并不觉得有多么热爱的工作，从此不知所谓地忙碌着，还没真正展开自己的人生，却已经迫不及待地为它画上了一个平淡的句号。

也许，对于那些惧怕梦想害怕风浪的人来说，平淡的人生，也不失为一种妥善的选择。但我总是觉得，对于那些渴望一份热烈，寻求一个梦想的灵魂来说，世界，也并不像人们想象的那样严苛残酷。当年的高考试卷奖励的是平时“最乖巧”的学生，但是我们此刻的人生，我觉得，它总是在奖励“最不听话也最不服输”的勇士。

于是，旅行时，我遇见……

因为意外失去双腿靠钢架双拐支撑身体的日本少年Yuta（裕太），凭借着长期为“和平”号邮轮做志愿者工作，日积月累积攒起可以抵作船票的积分，最终，获得一张“和平”号的环航船票，用他并不强壮但却有力的双臂，撑着双拐，勇敢而执着地踏上“和平”号，最终达成了他内心的愿望。

有一天在船上，这个说话时有点儿腼腆，声音轻柔得像是海上薄雾的少年，坐在红海璀璨的星空下，掏出怀里的相机，出人意料地兴奋地向我展示着，镜头里他拍到的一群从汪洋大海中一跃而起的海豚。看着那些令人莫名心动的画面，他开心地告诉我：“其实，我希望自己以后能做一个摄影师，我喜欢拍照，拍所有我热爱的东西，我一定能做好的。”

淡淡的却带着不容怀疑的坚定的声音，让我下意识地转过头，很是感慨地看着这个外表柔弱但内心却异常坚强的少年。在星星的光辉下，Yuta喜悦的脸庞，有着让人动容的微笑。那一瞬间，我忽然想起一句曾让我感动不已的话：“是的，我最强壮的肌肉不是我的双腿，而是，我的心。”我的眼睛在夜色的伪装下悄悄湿润起来，但嘴角却有着一抹和Yuta一样幸福的笑容。无论何时，我都深深祝福着少年Yuta，因为他让我感觉到：如果你不相信自己的生命是脆弱的，那么，你的生命，便真的可以强悍有力得比日出更美丽。

我还遇见……

年轻时从东北农村老家只身闯芬兰的导游郝男，他告诉我，当初来芬兰，是因为不甘于在老家做一辈子农民，过平淡的生活，出国闯荡是他想趁着年轻寻一个梦。年轻时他一无所有，但正因如此所以不怕失去。郝男说，出国闯荡是他这辈子做的最正确的决定。

后来，就凭郝男在芬兰，郝男在农村的那帮弟兄有一个算一个，也都来到了芬兰。虽然最初他们也只能干干开出租车、旅游巴士，或者在餐馆打工之类最底层的活儿，但在当时，这毕竟要比他们在农村老家种地要好得多。再后来，那些肯吃苦、肯努力的兄弟，现在有的还过得非常不错。

“人家有本事的，比我过得还好呢，呵呵。这是挺让我骄傲的一件事情。”说这话时，已经俨然一副成熟面孔的郝男，脸上挂着浅浅笑意。“芬兰这国家，人际关系简单，生活简单，因为大家按规矩办事，有条不紊。刚来的时候，我还老想着这回什么都得靠自己了，连送个礼都不知道从哪儿开始，说实话，心里也

芬兰赫尔辛基梦幻岛

发慌。但后来发现，原来根本没那必要。只要自己在这里脚踏实地，不断跟人家做得好的多学习，在这儿，梦想是可以实现的。”郝男笑了，轻轻拨弄手上那枚还很新的婚戒，目光里的幸福光彩盖过了赫尔辛基粉紫色的彩霞，特别动人。

“怕过吗？万一不顺利呢？”我好奇地问。

“怕过啊，怕是正常的。但是走出那个村子是我的梦想。这辈子，我不为梦想拼上一次，那还有什么劲儿呢？”郝男坚定地回答我。是啊，如果不是当初那份追梦的执着和勇气，此刻的郝男应该还在那个偏僻村落里吧。虽然同样是为养家糊口而忙碌，但那毕竟与梦想无关，此生，便不会如此坦然安宁，无怨无悔。

那些执着追梦的人，无论是怎样的梦想，波澜壮阔或者朴实无华，其实只要你我拥有那份执着于梦想的勇气，人生便会得到世界的嘉奖。如果说郝男的梦想只是成千上万梦想中最平凡的一个，那么后来，我还遇见了一名无论身份还是梦想都非常特殊的朋友。

初见美国人Jay（杰伊），Jay正在餐桌上同大家开玩笑，说在船上上网时，一定要准备一本小说，并且小说页数还得足够长，免得一不小心书看完了觉睡醒了，可笔记本上的网页，却还在提醒人们“您的页面未打开，请耐心等待”，白白上缴了每分钟0.5美元的天价网费。

Jay是船上的志愿者，平时教大家英文，还负责船上一些活动的展开。我看她一脸沮丧的样子，便给她提建议：“过几天就靠港了呀，等船靠岸时信号就好了，不用非得现在上嘛。”

但Jay摆摆手，说不行。原来Jay临行前答应了一家阅读网站，每两天更新一篇文章介绍她的“环航之旅”。本来她觉得这点儿东西对她一个英美文学硕士来说，简直是小菜一碟，况且还能拿稿费，何乐而不为呢？结果哪知道，船上的网速却是这般光景，光她上网发稿子的钱，都快比稿费还高了，弄得她苦不堪言。Jay一开这个头儿，备受船上网络折磨的大众，纷纷打算趁机倒一下苦水，但是Jay却话锋一转，嘴里忽然蹦跶出一句：“My girl friend（我女朋友）……”

除了“girl friend”这两个词，老实说，Jay后面说的什么，我一个字也没听进去，吓坏了，暗自庆幸自己没冒失地开口说话。因为，虽然眼前的Jay留着男生般的短发，戴着男性味道十足的黑框眼镜，整个穿衣打扮也是男生的运动风，但从上船到现在，我一直都以为，他只是个喜欢中性打扮、中性性格的豪爽女生而已。

我说不上来为什么自己第一感觉Jay是个女生，因为其实单看外表的话，Jay确实是更像个男生。或许是他说话时的语气和一些肢体的表达吧，才让我对“她”误会至今。“啊，Jay原来是个男生啊，我开始还以为……哎哟，还好没乱说话，不然就尴尬了。”Jay走后，邻座的女孩儿捂着嘴，在我耳边偷偷地说。我频频点头，忍不住脱口而出：“原来你也这么觉得啊？”这一说不要紧，一桌人也都说，一开始，还真不太好猜Jay的性别呢。令我们没想到的是，数天以后，已经被大家标记为“男性”的Jay，再一次让我们震惊了一把。

一天晚上，大家听说Jay要在船上的“星空酒吧”举办一个主题讲座，人缘很好的他，自然引得我们都去大厅索要讲座的宣传资料。但当我拿着手里的预告信息，刚浏览至题目那一栏，就禁不住瞪大眼睛惊呆了。因为Jay的讲座题目竟然是：一个变性人的世界。

忐忑不安地听了讲座，我们才了解到，原来眼前这个开朗热心的“男生”Jay，八个月前竟然与现在的“他”有天壤之别，因为那时，至少从生理上来说，“他”还是“她”，是一个生理角度上的女孩子。Jay告诉我们，做变性手术远比想象中要复杂和痛苦，手术后也并非一切就结束了。到现在为止，他依然持续着各种药物的服用和针头注射。Jay笑笑说：“我现在已经可以像往别人身上那样往自己身上戳窟窿了。”

听着Jay的讲述，我观察着周围听众的表情，有的人疑惑，有的人吃惊，有的人在思考，也有的人一直都含着泪水。但是，所有人那一刻的表情，我都不感到意外，唯一出乎我意料的，却是Jay自己的表情和他的表述方式，因为他说起这一切时，似乎非常坦然，也非常轻松。这让我真的很怀疑他是不是真的像在众人面前所表现出的那么快乐。

说起自己从小就不爱玩洋娃娃，甚至觉得那些小女生不厌其烦地给娃娃们梳头、打扮、穿裙子就像一场灾难片时，Jay露出像是见了鬼一样无法忍受的表情，生动的手脚并用地模仿着，仿佛是在讲着别人的童年趣事。

Jay说从他意识到自己并不认同自身的生理性别开始，他就没有隐瞒过这一点。虽然这样可能会给自己的生活带来很多麻烦，甚至会遭到一些误解和议论，但Jay说，与其遮遮掩掩，他宁愿坦然地敞开心扉。他觉得自己并没有做错什么

船上自信乐观的变性人Jay

事，能在生理上真正成为他心理上的那个自己，是他最大的梦想。所以一到符合做变性手术的年龄，Jay就义无反顾地走上了手术台。

“事实上，人们比我想象中的要友好很多，我以前担心过的一些事情，从来都没有发生过，这个世界是很友善也很包容的。现在的我，觉得一切都那么棒，我觉得自己很幸福。我可以继续我其他的梦想了，这真是太好了。”

听完Jay的讲座后，我的心情其实挺沉重的。因为我发觉，我们大多数人已经得到上天太多眷顾，却仍毫不自知，把自己不敢追寻梦想、不愿吃苦拼搏的原因，归咎于外在条件不够优厚。但与此同时，我们身边却有这样的一些人，他们历经千辛万苦，却不过是要获得一点儿我们大多数人与生俱来的东西。而这些人，不但对生命于自己这样的“不平等”毫无怨言，反而更加感恩地生活着，乐观地为自己的梦想一刻不停地奋斗着。

那一晚，我独自站在甲板上，任凭海风理清思绪。原来，这个世界如此宽容，而我们的生命也远比想象中的顽强。生命只有一次，对任何人都一样，那么此生我想为梦想而活，我想在追逐梦想的道路上，任凭指尖轻触自由和真诚，热情和希望。

希腊温情一幕

关于旅行，也关于信仰

潘国锋

回想起一路走来，让自己触动最深的就是宗教，不记得走过了多少庙宇教堂清真寺，天主教的，东正教的，基督教的，伊斯兰教的。我不是教徒，走进去没有像教徒们那样的虔诚，在教堂里面，我经常看到很多人跪在十字架前在胸口划着十字，或是在祈祷，或是在忏悔。他们相信忏悔过后，可以得到上帝的宽恕，精神可以得到洗礼，这其实是一种很神奇的方式，精神上的超脱带给人的力量是无穷的。

在斯里兰卡，这个全民信佛的印度洋岛国，我看到了他们温润如玉的笑脸，似乎每个人都在微笑，虽然贫穷，虽然动荡，但是仍然没有缺少对生活的热爱和对陌生人的善良。那应该是一种在菩提树下参透人生佛理的至高境界，起码没有对金钱名利的痴迷与热衷。他们心境平和，将欢声笑语植根于那简单的快乐之中，对他们而言，人生就是一种修行。

在约旦，这是个教规森严的中东小国，斋月里我亲眼看到在那样炎热难耐的情况下，阿拉伯人在一天之内连一口水都没有喝，这需要多大的力量和信念来支撑。在首都安曼，我体会到的是一种从未有过的都市宁静，干净的街道，带头纱的妇女是这座城市的符号，伊斯兰世界在我心里更加庄严肃穆了。

在巴塞罗那的圣家族大教堂，这是一座用了100多年还没完工的基督教堂，教堂外墙是史诗般的雕塑群，从耶稣诞生于马棚，到传教，到受难被钉死在十字架上，到最后的升天，耶稣的一生在上面都有体现。高迪呕心沥血，用自己的惊世才华将自己对圣经的敬畏以及对上帝的虔诚都集中在这座教堂的内外，这似乎是一处永远没有尽头的雕琢，战火、金钱是一个方面，对上帝的敬仰也应该成为跨越三个世纪的精心雕琢的原因。

还有勒阿弗尔的修道院，圣彼得堡的滴血教堂，卡塔尼亚的天主教堂，土耳其的蓝色清真寺，赫尔辛基的红色东正教堂，哥本哈根的基督大教堂……

我不信教，可能以后也不会信，就像里贝罗对我说的那样：你们从小就没有接触过宗教，现在要想再信教似乎是有点儿不可能了。

但我终于明白是什么力量在支撑着磕长头的藏民们一步一步地朝向布达拉宫；终于明白约旦的麦克维们那虔诚笃定的行为举止；终于理解为什么在恒河

芬兰赫尔辛基大教堂

中，人们在里面洗漱沐浴；也明白了为什么建筑中的传世精品总是和宗教有关。

我并不能算是一个真正意义上的行者，旅行者的状态应该是一种非同寻常的状态，就像《迟到的间隔年》的作者那样尝尽艰辛之后蓬头垢面的状态；就像在恒河里游蝶泳的人们那样的状态；就像是众多抛下工作毅然决定远行的人那样的状态，但我还不是，至少现在还不是，我不知道自己以后是否也会像他们一样，可以为旅行暂时抛掉一切，不为工作、不为人际关系所禁锢，就像现在不被考试所禁锢一样。

我曾经在船上问过一位日本女孩儿，我说你的这次旅行给你带来了什么收获？她说不知道，只是觉得每天都能看到别人的笑脸，每天能经历夕阳和海风就

圣彼得堡滴血教堂

很快乐，并不知道收获是什么，也许以后也不知道。

我的抽屉里有一沓火车票，有皱皱巴巴的，也有被检票员撕坏的，每一张车票我都保留着，它们就是我旅行的印记。更多的时候是一个人，去一个没有人认识我的地方，想怎么走就怎么走，想怎么笑就怎么笑，我很喜欢在路上的感觉。但是每次我都会问，这一趟旅行我得到了什么？大多数情况是我自己回答不出来，又不能像李白杜甫那样游览过名山大川后诗兴大发，一篇佳作随即流传于世，每次旅途结束后，只是带着存储卡快满了的相机踏上归途。

旅途中用相机比用眼睛还多，刻意地让自己有所收获，仅仅从这两点来说，我就不能算是一个及格的旅行者。

那么，当初到底为什么要去旅行？

去闻一闻巴黎的香水，再看法国人用英语告诉你他不会说英语的傲慢。

去看转动着的风车下盛开的郁金香，再到诺贝尔颁奖处打个酱油。

去金黄的沙漠中看金字塔，再到湛蓝的爱琴海畔走进雅典卫城。

去看巴拿马原始村落的微笑，再去危地马拉热带丛林的玛雅世界看有没有世界末日的传说。

去看看外国的月亮到底有没有比中国的圆，天空有没有比中国的蓝，再去体验西餐饭后吃甜点、喝咖啡的小资情调。

去看涅瓦河上十月革命第一炮击打的冬宫，再到最北的地方去等待北极光。

去看在上帝面前忏悔的教徒，去看哼唱经文的穆斯林，再去看转动佛珠的小沙弥。

去看海上的日出，去看雨后海面上的双层彩虹如何慢慢地移动到脚底下，去看无风怎么掀起三尺浪，再去看大鲸鱼懒散地拍打尾巴，再去看海中央的海豚和水族馆里的有什么区别。

环球旅行结束到现在有一年多了，现在每次拍照时都没有了旅途中的那种笑容。慢慢地开始懂得，旅行的意义不在于去过多少地方，而在于是否在途中拥有了全新的眼光。不要期待旅行能给你带来太多的改变，或者太多的答案，真正能影响自己的，还是那个你经常处在的环境，以及环境中的人。你想去伦敦，你想去拉萨，你想去金字塔，你想去普罗旺斯，你想去阿拉斯加……每个人都可以有这样或那样的憧憬，不能把旅行当成是专属的某一种较高贵的东西。对于大多数人而言，旅行终究只是一种好的消遣，不能作为一种主要的生活方式，它看起来很美好，过度地幻想旅行能改变自己，只能说是天真。

不管到了哪里，不管到过哪里，我都只能是我自己，那个背上书包就消失在校园大道上的人群中的自己；那个赶在交作业前一晚上效率狂飙的自己；那个在超市柜台前的长队中和其他人一起慢慢向前移动的自己。

和以前不同的是，不再那么轻易扬起那慌张的脸。

和以前相同的是，仍然保有一颗渴望上路的心和一个远行的梦。

环球航行真正的意义

欧阳霞

读书与行走

行走是生命的常态也是生命的哲学，如果求学者只是埋首书斋，可能就会少了些对文化的敏感，少了些对自然、人文、科学、信仰的生动领悟。

“读万卷书，行万里路”是我们的前人用脚走出来的真理。早在2500年前，老子、孔子、墨子、庄子等诸子百家，他们一生都在行走。老子，一路西行，在函谷关关口留下《道德经》后就消失在了大漠荒烟中，今天我们还在牵挂，他去了哪里？这就是文化的魅力，也是行走的力量。孔子从55岁走到了68岁，一路向西，带着弟子周游列国，一走就是14年。今天，恰巧我们也是一路向西，我们用脚步向为我们留下辉煌中华文化的祖先仰望、致敬。

在这次不同寻常的行走中，同学们的心智和才华一步步粲然绽放，展现在他们眼前的万千世界，正在引领他们用心灵担负起对自由思想的表达，启示他们用智慧实现辽阔的关注视野和抵达事实本质的能力。

我们走过了22个国家，看到了许多古迹、建筑、博物馆。我们一步步艰难地攀登法国圣米歇尔山，去仰望修建了八个世纪的教堂，去探索悬崖上的历史；我们在密林中一步步走到玛雅遗址，去找寻那些猝然消失的文明；我们在烈日下一步步穿过沙漠，穿过峡谷，去领略具有千古气势的佩特拉，询问人类祖先埋藏在古迹中的遗言；我们在巴塞罗那看到满街的建筑都是世界名作，那些有着巨大想

从法国圣米歇尔山看周围退潮的海滩

象力的古老建筑充满了永远不会衰老的诗意。

面对万千世界，面对千姿百态的生态和心灵，同学们学会了感受、学会了思考、学会了表述。

潘国锋被佩特拉的恢宏和神秘所震撼，他在写佩特拉的游记中说："远远地望着，风沙从耳边呼啸而过，那一刻，我听见无数先民用他们手中的凿锤在一点一点地敲击着岩壁，这不是简单的敲打，他们分明是在雕琢，在大自然赐予的岩石上，先民们用智慧与勤劳，缔造了一个新的世界。"他清晰地看到了那些被沙漠和岁月淹没在历史深处的文明。

胡静一在西班牙看到高迪的建筑作品时，抑制不住内心的激情，她说："在那个叫高迪的人用灵魂和思想塑造的圣家赎罪堂和奎尔公园面前，你将会惊叹一个人的仿佛可以直耸云霄的想象力与创造力、一个人对自然和美的追逐、一个人对人类这个族群本身的体恤与尊重、一个人对梦想的坚持和塑造竟然可以达到如此的高度，让他人的灵魂都受到了震慑。"这个美丽的女孩儿对于美的领悟早已

远望法国圣米歇尔山

超越了外在的形态。

郭小兰漫步在巴塞罗那的流浪者大街，写了一篇极有韵味的优雅之作，她说："风起，梧桐叶落，鸽子低飞，我们在巷子里漫步。一块又一块带着欧洲风情，满载历史的石头在指尖下划过。我喜欢用手触摸这些沉淀了历史、历经了风尘的石头，就像能够感觉到它的脉动。"黑格尔说在灰烬堆中摸到了历史远处的余温，这个聪明理性的女孩儿漫步西班牙街头时，与黑格尔有了超越时空的遥远呼应。

批改着他们的作业，引领他们在"海上课堂"讨论和平、环保、人生、信仰，我知道这些正在成长中的孩子对真理和生命的体认正在通过读书和脚踏实地的行走而实现。

我们在海上100多天，深切地感受到了海洋强大的生命力、包容性和变化万千。海洋温和时如丝绸般柔软，暴戾时如钢铁般坚硬，我们陶醉在海洋幻化的无垠美景中：当晴空万里时海就是蓝色的，当阴云密布时海就是黑色的，当夕阳西下时海就是金色的，当晚霞满天时海就是红色的……我们也身陷在海洋制造的艰难和险恶中：我们一次次被巨浪中的邮轮从床上颠落到地上，一次次被晕船的剧烈头痛和呕吐逼迫到无路可逃，一次次被邮轮突然坏在茫茫大海上和可能遭遇的危险而面对生死……

海洋的伟大气韵，启示我们一切与自然的深层沟通都不能仅靠文字资料，而必须以你全部的身心去行走。

眼界与胸怀

和平之船第一站抵达越南岘港，当时越南因南海问题正与中国发生摩擦，潘国锋在游记中写道："同是社会主义国家，你应该看到自己与中国的距离。一个国家，她的第三大城市的现代化程度还停留在我们20世纪的水平，混乱的街道交通，严重的通货膨胀，毫不成熟的旅游行业……对于如今我们一般的城镇，你的这座城市都难以望其项背，却总是在不自量力地挑衅，你如今可以如此骄狂，真的不能说明你有多么强大！你又是何苦这么纠结于与中国的较量？总是在怨称被中国殖民统治过数千年，之后就疯狂地在国内去除汉文化，废除中国文字和语言；美越战争中受到中国的援助后又将矛头指向中国；和平年代又近乎疯狂地掠夺中国南海的油气资源与领海……越南，你何以如此嚣张？"

读毕，我的心情开始沉重，我给这篇文章写下了一段评语："无论与人还是与事'谈话'，不能首先将对方置于对立面，这样的谈话必然会失去交流基础而困难重重。对于一个国家、一个民族，只有对它的历史、文化、政治、宗教有所认识，才能够理性和公正地去看待它的过去、现在和将来。19世纪，海涅在批判德国专制政治时，区分了两种爱国主义：使人狭隘和充满仇恨的德国式爱国主义与使人心胸开阔和温暖的法国式爱国主义……希望这次环球游学能够让你在更为开阔的视域中，更加理性，更加宽容地看待和理解这个世界。正如你文中所说'我也是跟随和平之船带着世界和平的使命而来的'。老师相信，你一定会不断成长。"

海洋文化的核心是包容，我希望我们的学生能更加从容、更加自信地去面对这个世界。在这次作业的讨论课上，我对同学们说："无论读书还是行走不是为了完成一个形式或仪式，是要和我们的心灵发生化学反应的，否则就没有了意义。20岁是一个容易冲动的年龄，但毕竟20岁了，同学们的思考应该更加理性与成熟。"

这六名幸运的孩子乘和平之船远游，在人们对他们的众多期待中，一定有一种期待是希望他们能够用更宽广的胸怀和眼界去看待这个世界，去思考问题，去摆脱狭隘的民族主义。当我们走到约旦，潘国锋这个有些偏激的男孩儿写下了这样一段话："船越开越远，向左以色列，向右约旦，两边都是万家灯火，同样拥有各自的繁华。我坐在甲板上等待着，等到它们可以一起出现在镜头里的时候，便按下快门，将此景定格成记忆。夜色中两片城市的灯火慢慢地在视野里交融，原来两个世界离得那么近，几乎是咫尺之遥，而且当它们逐渐在视野里连接时，竟然是那样的美丽。"

他的成长让我欣喜，在之后的行程中，这个高大帅气男孩儿的好学、亲和、与人为善让他赢得了极好的人缘和学习机会。在全球化的今天，在人类追求和平的今天，我们用怎样的眼光去看待世界、看待他人、看待自己？在课堂上我曾经用各种理论和各种历史事实告诉学生狭隘会让一个民族自闭、自萎，狭隘也是天下不太平的根本原因，告诉他们一个人能够理性、包容、善意地看待世界，这个世界才会更有意味，而这个人也才能更有生命格调。现在我相信，面对着豁然开朗的世界，置身于长天阔海之中，一定有一种高于书斋理论的启示会给予学生最高的教导。

战争与和平

上船后不久，同学们便迅速融入到日本乘客的群体中，他们天性中的宽厚、快乐、健康和真诚深深地感染了船上的日本人；日本人无功利的学习态度、团队精神和坚韧的性格也感染着同学们。在船上，我们遇到的第一个大型活动是"8·15"二战纪念会。因为这个活动，无可避免地会触及中日之间的复杂历史。也恰在此时，船上要举办一个时装会，有同学想穿日本和服参加时装表演，我没有同意。学生问："是和服有问题吗？"我说："和服没有问题，它很美，将日本女人包裹得优雅而高贵。那么，我为什么不建议你们穿呢？因为我们总是需要用一种方式表达我们对历史的纪念。" 由此，我和同学们以"战争与和平"为主题，对近代以来中日之间的战争进行了回顾。

翻开近代中国历史，会发现中国逃不开日本这个梦魇。事实上，在历史上所有侵略中国的力量中，日本最为凶残。日本曾经的暴行以深刻的疼痛刻在了中国人的心头，无法抹去。

有同学说，看船上的日本人都那样温文尔雅，彬彬有礼，怎么也无法想象这个民族过去的凶狠残暴。

菊花与刀，最能表达日本人的双重性格，菊花是多么妩媚，刀是多么锋锐。日本女人像花一样美丽，有人说，东方女性的美，只有到东瀛才能找到。包括像辜鸿铭那样的中国传统老夫子式的人物，也没有逃出日本女人的风情。可是在船上，我们看到日本女人跳肚皮舞的时候，娇媚的肚皮上最终要放上一把刀；小姑娘跳着可爱的舞蹈也会突如其来地握一把刀，这种不协调，这种怪异，我们很难理解。

日本人热爱樱花，因为樱花表达了日本民族精神，单个儿的樱花不出众不美艳，它的美在于集体怒放，它的美在于随风飘零。这次和我们一起环航的中国人中，有一个来自北京的大姐，学生们叫她王老师。王老师每一次参加完日本人的剪纸、绘画、舞蹈课以后，第一句话一定是："日本人真笨啊！"她说当她将纸对折，一次剪出相同的两个图形时，日本人惊呼"斯高亦（了不起）！"开始她以为是人家客气，后来她发现日本人真是很笨，比如他们需要五个灯笼图形，就会一个一个地剪，不知道将纸折五层就能一次剪出五个。王老师常说："日本人的笨真不是装的。"但我们也同时看到，船上有任何活动，都不需要组织，日本人会很快聚集到一起，团结合作准备活动需要的道具、排练节目、布置会场……即使再随意而发的活动，都会充溢着集体的创造力。船上的各种活动、各种讲座，无论多么无趣，都不用怕冷场；比如说船上的一些讲座，哪怕无趣到让人昏昏入睡，日本人也会集体去捧场，即便在讲座过程中有听众睡着了，等讲座结束，从梦中被掌声惊醒的他们会立刻加入到鼓掌的行列，鼓得还格外热烈，脸上竟然荡漾着崇敬和受益匪浅的表情。

这样一个有着美丽樱花、美丽女人和集体主义精神的国家，却成为中国近代史的一个噩梦，如果没有日本对中国的觊觎，中国的历史、中国的今天是值得遐想的。当我们在船上用汉字和日本人交流的时候，心头也难免掠过一丝伤感。大唐盛世，日本人对大唐文化顶礼膜拜，将它拿来，可后来他们不断侵略中国，一再成为中华民族崛起的梦魇。

和平之船的乘客大多是日本老人，六七十岁的居多，也有90岁以上的老人。船上日本年轻人较少，日本的老年人与年轻人之间很少交流，反倒是我们的学生一上船，立刻赢得了老人们的喜欢。他们常常会用温和的目光注视着我们的学生，也会用实际的行动关爱他们。

曹诗嘉是个176厘米的东北姑娘，这个高高大大的女孩儿又温婉又纯真又娇弱，与她的外形反差很大，她也是最受日本老人喜欢的孩子。有时候，她会依偎在我的身边，讲船上的故事。有一次，她指着吧台边正在饮酒的一个老人问我："老师，你知道他为什么每天都喝酒吗？"她告诉我，这个老人70多岁了，是个癌症晚期病人，他已经有20多天没有吃什么东西了，天天喝酒是为了麻痹疼痛的身体。这个老人早年离婚，孩子在国外，他孤身一人，查出癌症晚期后化疗，头发都掉没了，他决定不再治疗，登上和平之船周游世界。有一次，我们的翻译张老师看到老人光脚穿着拖鞋，就劝他，身体有病，脚要暖和，要穿袜子。老人说："我身体痛，弯不下腰穿袜子了。"诗嘉讲的这个故事，让我们俩沉默了很久。后来，我观察这个日本老人，每当船靠港离港要举行仪式时，老人都会西装革履地站在甲板上和迎来送往的人们招手，那种自信和尊严绽放于行将枯萎的生命，凄美而高贵。这样的故事我在诗嘉那里听到了很多，她关注船上的人们，也不断地帮助他们，船上的老老少少都喜欢这个乖巧可爱的姑娘。

我曾经问过一位日本老人为什么对自己国家的年轻人和中国的年轻人会有不同的态度。他说，他们对日本年轻人很失望，他们不爱学习，行为幼稚；中国的年轻人懂得礼貌，好学好问。他说，在甲板上总是看到日本的年轻人跳舞玩耍，而中国的年轻人总是在读书、在做作业、在上课。最后他长叹一口气说：“看看中日年轻人的精神面貌就知道，如果现在日中开战，日本打不过中国。”后来，我把这句话当笑谈讲给美国哥伦比亚大学的一个研究中国问题的教授，他却认真地说：“美国也有同样的忧虑。”

在“8·15”二战纪念会上，胡静一代表中国大学生发表了和平宣言，她说：“和平是人类最持久、最朴实的追求，和平意味着生存的机会。生命的尊严也只有在和平状态下才有条件得以普遍展现。让我们记住那些血迹未干的历史，让我们呼唤世界和平，希望人类不再面临战争苦痛。”

模仿与白描

我们一路走一路触摸，触摸历史深处的厚重文明，路途的景象与内心的感悟相互交错，彼此呼应。在同学们一路上的文章中，我看到了他们出众的才华、美丽的情致和迅速的成长。同时也看到了他们在文字表达上的刻意模仿和过于雕琢对文章本身的伤害。

我想让同学们明白做文和做人一样，真诚永远高于技巧，有时候技巧是靠不住的。模仿是一种学习方法，但是不要为模仿他人而迷失了自己。因为与被模仿者的心情、底蕴、积累有别，模仿往往只能停留在浅表，尤其是融入事物当中的性情是无法模仿的，比如元青花很值钱，就出现了很多仿制品，从外观上看与真品一模一样，但专家一眼就能看出破绽，因为古人融入瓷器中的情致是完全无法模仿和复制的。

高晴是这六个孩子中最有个性的一个，她有着很好的文字功底，但她的文章时而才情四溢，时而不知所云，时而阳春白雪，时而下里巴人。她自己说她是在刻意模仿她所崇敬的一位台湾作家，所以对自我总是不确定。

中华文字的美感在于它的节奏和韵律，文字的最高境界就是白描。当我们走过欧洲各国的时候，同学们被欧洲的美景和建筑所吸引，他们用最华丽的词句描述最单纯的美景。一路上欧洲的美让我们惊艳，但它到底美在哪里？如果仅仅是景色，中国960万平方公里的土地上难道找不到类似的美景吗？事实上我们的震撼常常来自欧洲的建筑。欧洲建筑的特点是色彩大多是石头的原色，和谐、自然、收敛。在瑞典的诺贝尔颁奖晚宴大厅，我们看到整个大厅不事雕琢，完全保留了砖头的原色，极度气派又极度单纯。欧洲建筑的自然色彩具有永恒的审美价值。美的生命力在于简约清淡，这跟写作一样，白描是至高的写作境界，它要求文笔洗尽铅华，光而不耀，它要求作者具有更高的写作智慧、语言驾驭能力和表达能力。

孙乐天是这六个孩子中最不会写作的一个，他的文章常常被其他同学群起而攻之。但他却是知识面最广的一个，也是性情最温和的一个。乐天的文字毫无修饰，平白如水。所以，当我讲到白描的时候，同学们异口同声地说："像乐天一样？"我告诉他们白描就像女人化妆的最高境界——裸妆。孙乐天那是"裸"，不是"裸妆"。裸妆是经过精心刻画的自然美，无妆胜有妆。从"裸"到"裸妆"要经历浓妆艳抹、浓妆淡抹等等历程才能抵达"无妆胜有妆"的境界。也正如金庸笔下独孤求败的境界，但求一败而不得，因为这个时候人手中是没有兵器的，他已经可以达到不用兵刃了，达到无剑的程度了，金属的那种锋利、那种质地对他来说已经不重要了，所有的武艺全都融化在这个人的内心里，所以敌人为什么不能接这种招，不能破解呢？就是因为你不知道他融入了多少武艺，无招胜有招。而这绝不仅仅是武功的境界，其实它是人生的境界，而写作的境界和做人的境界也是一样的。

我们跟随着和平之船，就这样一路行走，一路学习，洞悉自然的瑰丽和神秘，感悟世间探索不尽的真理。

我们领略了世界上大部分人一生都无法目睹的万般生态和心灵，那些生命蓬勃成长的美好景致，那些人类原始状态的纯真模样，那些来自遥远文明的美丽思想，那些历史远处令人陶醉的无限智慧……还有那些自然被人类伤害的悲凉面容，那些带着悲怆记忆的飘零文明……我想，学生和我将会用一生的时间告诉人们来自这次经历的体验：什么是壮美，什么是辽阔，什么是苍凉，什么是孤独，

海大师生在乌斯本斯基大教堂前合影

什么是人和自然的断裂与亲和，什么是文化的冲突与融合，什么是人类永久的和平……

这次环球航行如一粒充满生命力的种子，它承载着中国海洋大学的教育理念和我们的理想，在我们行走的路途上一路远播。

图书在版编目（CIP）数据

海洋天堂：中国大学生首次环球寻梦之旅 / 毕淑敏主编. ——长沙：湖南文艺出版社，2013.5

ISBN 978-7-5404-6146-1

Ⅰ. ①海… Ⅱ. ①毕… Ⅲ. ①游记—作品集—中国—当代 Ⅳ. ①I267.4

中国版本图书馆CIP数据核字(2013)第069609号

©中南博集天卷文化传媒有限公司。本书版权受法律保护。未经权利人许可，任何人不得以任何方式使用本书包括正文、插图、封面、版式等任何部分内容，违者将受到法律制裁。

上架建议：散文·游记

海洋天堂：中国大学生首次环球寻梦之旅

主　　编：毕淑敏
出 版 人：刘清华
责任编辑：薛　健　刘诗哲
监　　制：蔡明菲　潘　良
策划编辑：邹和杰
特约编辑：尹　晶
插图绘制：阙莹颖
封面设计：又　一
版式设计：利　锐
出版发行：湖南文艺出版社
（长沙市雨花区东二环一段508号 邮编：410014）
网　　址：www.hnwy.net
印　　刷：北京市雅迪彩色印刷有限公司
经　　销：新华书店
开　　本：787mm×1092mm　1/16
字　　数：200千字
印　　张：13
版　　次：2013年5月第1版
印　　次：2013年5月第1次印刷
书　　号：ISBN 978-7-5404-6146-1
定　　价：32.80
（若有质量问题，请致电质量监督电话：010-84409925）